밤의 기도
김월한

권두언
- 시선집을 내며

또 한 권의 시집 詩集을 출간하며 만족보다는 또한 세월의 뒤안길을 걸었다는 회한에 젖는다. 이제 내 나이도 고희 古稀를 넘어 산수 傘壽를 바라본다. 고목이 꽃 피운다는 것은 마지막 영예일 수 있다. 그러나 73° 기운 고목에 꽃 피울 준비는 되었는지? 자문하면 눈물이 앞을 가린다. 사선에서 서성대는 말년임에도 졸필이기 때문이다.

그래도 내 가슴에 빛나는 별들이 머무는 섬, 그곳의 파도소리 그리고 조약돌 부딪치는 소리로 나름대로의 "시선집"으로 정성스레 담았다. 어느 작가든 자기가 만든 책 중에 애착이 가는 책이 있다. 내겐 바로 7집으로 여기 "시선집"이다. 진심으로 읽어 주시는 여러분들의 가정에 늘 행복과 평안이 깃드시기를 기원합니다. 고맙습니다.

김월한 제 7 시집

밤의 기도

권두언… 4

늙어가는 것은…12
그리움…14
설중매의 향기…15
서어나무 숲…16
바람의 빛깔…19
달팽이의 교훈…20
한 권의 책과 한 편의 詩…21
삶이 고통일지라도…22
시인과 철학자…23
까치밥…24
행복의 탑은 너와 내가 쌓는 것…25
서정의 별빛으로…26
권모술수의 바다…28
딸깍거리는 틀니…29
하루하루 채워지는 빈 주머니…30
망양보뢰 亡羊補牢…31
눈물로 피는 동백꽃…32
라벤더의 향이 밤을 수놓을 때…33
숲 속의 카페…34
나의 좌우명…36
무서리 꽃…37
삶은 빛나는 길이라…38
생명은 자연의 춤사위…39
부부의 추억…40
보릿고개…41
시선집 詩選集 …42
바람, 구름 그리고 산…43

사별의 공허함…44
부부의 이름이란…45
경제의 진정한 가치…46
여명 黎明…47
세상 속의 편린들이 모여…48
이슬 같은 세상을 지나며…49
전쟁…50
밤의 기도…51
詩와 음악…52
도시의 새벽…53
침묵의 노래…54
슬픔의 섭리…56
월악산 영봉 그리고 청풍호…57
어머니, 어머니…58
자작나무 숲…59
길 잃은 여행…60
물망초…62
알프스 샤프베르크…63
山은 나의 은신처…64
동유럽 여행 중…65
잊힐 날이야 있겠지요…66
꽃무릇…67
노인으로 사는 삶…68
하늘에 사랑의 詩를 쓰다…69
음악과 두 개의 門…70
비금도 그림산 투구봉…71
추월산…72
간월도看月島, 간월암看月庵…73
오금도 비렁길…74
사랑의 빛…76
장엄 미사곡…77
내가 부를 이름들로…78
詩는 장미로 피어나고…79
시리우스· ·80
용서하소서…81
봄은 별 하나로……82
시인의 숨비소리…83

울림으로…84
사랑 한 줌, 인생 한 줌…85
고성 전망대…86
사랑할 수 있어 좋았습니다…87
조비산의 전설…88
한 권의 책과 한 편의 詩…89
숲새의 작은 외길…90
노성산 말머리 바위…91
내일로 가는 세월의 기차…92
반추 反芻…93
월영산의 여명…94
세월 간 자리 아픔은 남고……96
성찰 省察…97
우주의 블랙홀…98
유달산에서 …99
발왕산의 서정抒情…100
자각몽…101
초로 初老의 가을밤…102
구병산의 연정 戀情…104
가을의 묵상…105
구봉도 낙조…106
천상의 서정…107
세월의 강…108
금수산의 사계…109
하얀 그림자…110
설악산 그림자…111
두타산의 전설…112
가을밤…113
여행은 언제나 서리꽃 같다…114
내게 음악은 달빛이다…115
당신은 장미꽃…116
라일락…117
두륜산 천국의 계단…118
붉은 능소화…120
명성산…121
지리산 천왕봉…122
고희 古稀…123

시인의 일기…124
통곡으로 저승 간 혼백 魂魄을 부른다…125
전쟁 그리고 생명…126
첫눈 내리는 밤…128
가을 연가…129
사랑의 방정식(方程式)…130
작은 기도…132
석별 惜別의 정…133
못다 한 시간…134
배낭여행…135
달빛 내리는 밤의 시객…136
여행지에서 만난 사람들…137
그리움 머문 세월…138
나 어릴 적 추억…139
새벽 기도…140
벚꽃 연가…141
개밥바라기^{샛별}…142
영취산 진달래…144
구담봉, 청풍호…145
수덕사의 만종(晩鐘)…146
바람의 섬…147
안개 낀 황산…148
초록빛 그리움…150
정동심곡 바다부채길…151
시를 사랑하며…152
애증(愛憎)의 절규…153
스위스 마테호른…154
소금산에서…155
설악의 단풍…156
사량도에서의 하룻밤…157
천마산…158
보라빛 인연들…159
무지개 이름들…160
명상으로 듣는 음악…161
망각의 세월을 향하여…162
들꽃의 향기는 깊다…164
내 안에 자폐…165

詩는 나의 곡비…166
석성산…167
내 기도는 바람이려니…168
대관령…170
호명산…171
양구두미재[태기산]…172
별이 지는 들녘에서…174
내 영혼의 마부여 좀 더 천천히 천천히 가자…175
마리…176
아내란…177
섬진강…178
아내의 기도…180
분홍색 카네이션…182
유랑자의 꿈…183
영남 알프스…184
구봉산…186
여분…187
스위스 융프라우(4,158m)…188
추억의 벤치…189
산 그림자…190
마니산…192
네 그릇…194
큰 누나…195
끝없는 사랑…196
재스민 꽃…197
내 삶의 가을…198
둘만의 미완…199
영혼은 늙지 않는다…200
어머니의 고무신…201
인내의 백신…202
붉은 능소화…203
고독의 계절…204
내 작은 여명…205
"밤의 기도"를 마치며…206
Epilogue…207

밤의 기도

김월한

늙어가는 것은

늙어가는 것은
시간을 소중히 여기는 법을 배우는 것이다

매 순간을 감사하며
작은 기쁨을 누리는 법을 배우는 것이다

친구와 가족과의 시간을 소중히 여기고
그들과의 추억을 쌓아가는 것이며

그것은 인생의 마지막 장을
정결하고 아름답게 채우는 방법 중 하나다

그러나 우리의 이야기는 끝나지 않았다
우리는 여전히 배우고 성장하고 사랑할 수 있다

그것은 우리 몸은 비록 늙어가도
우리의 영혼은 늙는 것이 아니기 때문이다

그리움

어제와 다름없는 오늘이건만
그대 없는 곳에
오늘은 영원한 침묵만이 남아 있고

허무는 쏟아지는 빗물처럼
마음을 적셔가고 당신 떠난 빈자리
끝없는 바다처럼 공허하다

눈을 감으면 떠오르는 그대의 미소
이제는 닿을 수 없는 먼 기억 속에
그저 깊은 허무 속에서

바람에 흩날리는 낙엽처럼
과거 속의 시간은 먼지처럼 사라져
슬픔으로 그리움만 끝이 없으리라

설중매의 향기

서릿바람 속에서도 정절의 향기를 잃지 않으며
눈 속에 피어나는 설중매
세상의 냉정함 속에 숨겨진 따스함을 꽃 피운 설중매여

눈 속에 피어나는 끝없는 사랑의 노래 속에
흔들리는 그 가지 위에 붙어 난 詩들의 서정으로
매섭던 바람을 밀어내고 보란 듯이 붉게 피어난 꽃잎들

훈훈한 봄날을 향한 희망, 그 금낭화의 깊은 색채 속에
결실을 기다리는 그 순간을
오래도록 간직한 채 피어나는 설중매

겨울이 깊어 냉혹한 바람이 불어도 그 아름다움을 드러내
스스로 나의 빛깔을 품는다
눈 속에 피어나는 매화, 영원한 나의 사랑 설중매여…

서어나무 숲

내가 꽃인지 숲인건지 바람이
제법 아는 체하는 호접몽의 유월이 오면

서어나무 숲에서 부는 바람은
환하게 웃는 감자 꽃과 함께 불어온다

바람이 유월의 풍요를 알려나
밀은 익어, 바람에 고개를 끄덕이고

이삭은 초록 빛깔 어느 쪽도 기울지 않고
어린 모, 바람에 커가는 걸 모른다

사랑을 모르니 슬픔을 알까
인생을 모르니 애증을 알까

인간과 자연의 관계는 이런 것이라고
휘파람새 한 마리 길게 울고 갈 뿐이라네

바람의 빛깔

바람은 빛깔을 입힌다 그림자와 빛이 춤을 추며
나뭇잎은 흔들리고 하늘은 저기 무지개로 물들어간다

바람이 시간의 흐름을 노래하고 그 속에서 우리는
기억을 간직하며 지나간 순간들이 미소로 스며들 때

또 한 번, 진실의 메아리를 전하고 그 속에서 우리는
진리를 찾아가며 마음이 흔들리고 눈물로 흘러간다

바람의 빛깔은 우리를 감싸고 시간과 공간을 초월하고
그 속에서 우리는 무한한 아름다움을 발견한다

그리고 저 너머 어딘가로 이어진다 그곳이 어디일까요?
그곳은 아마도 내가 머물 영원할 곳이리라…

달팽이의 교훈

느린 걸음으로 세상을 탐험하는 달팽이
느리지만 무한한 시간과 기회를 감추고
밤이 되면 껍질로 숨어들어 별들에게 묻는다
"별아, 어디로 가는 길이 아름다울까요?"

별들은 그에게 수많은 이야기를 전한다
사막의 끝에서 푸른 바다를 만난다 하고
눈 덮인 산 정상에서 눈꽃을 본다고도 한다
달팽이는 별들의 이야기로 미소를 짓는다

여행이 경험과 기회를 가져다준다는 걸 안다
그래서 더 멀리, 더 깊이, 더 천천히 여행 한다
나처럼 詩 먹이를 찾아 느리게 세상을 여행한다
결코 멈출 수 없는 나를 찾아가는 것처럼…

한 권의 책과 한 편의 詩

한 권의 책 속에 담긴 이야기들은
수많은 세월을 건너온 지혜의 조각들이며
한 편의 시 속에 담긴 감정들은
순간과 영원을 노래하는 영혼의 울림이다

책은 여행처럼 우리를 먼 곳으로 데려가고
시인은 우리를 가슴 깊은 곳으로 인도한다
책 속의 세계는 무한한 상상력의 바다이나
시 속의 언어는 영혼의 거울과 같다

한 권의 책과 한 편의 시 속에 담긴 삶의 진리
그 안에서 길을 찾고 마음의 평화를 얻을 때
책과 시가 함께하는 순간, 넓은 세상을 보며
그 속에서 꿈이 피어나는 것이라네…

삶이 고통일지라도

고독한 밤, 자정 自淨의 시간이나
가슴으로 스미는 고통 속에
때로는 알 수 없는 슬픔으로 갈 길을 잃는다

한숨과 눈물로 가슴 속에 맺힌 절망 속에서
삶의 무게가 어깨를 짓누를 때면
나는 그저 울어버릴 뿐이다

하지만 고통 속에서도 피어나는 것
작은 희망의 불씨, 그분이 나를 다시 세우시고
새로운 날을 맞이하게 한다

고통은 나를 강하게 만들기도 하지만
삶의 진정한 의미를 깨닫게 하며
고통 속에 빛나는 삶을 찾도록 돕기도 한다네

시인과 철학자

실존을 고찰하는 시인과 철학자
단어로 영원을 찾으려 애쓰며
낙엽 속에서 삶의 의미를 고민하고
그 속에서 진리를 찾으려 헤맨다

문장과 사유, 그 사이에 머무는 그들
생각의 파편들을 하나로 이으며
철학은 가슴을 무겁게
시는 영혼을 새털처럼 가볍게 한다

어둠 속에서도 빛을 찾는 매의 눈으로
경계 없는 상상력을 지닌 자들
시인과 철학의 연금술사들은
그들만의 언어로 세상을 다시 쓴다네

까치밥

찬 서리 내려앉은 가지 끝에 홍시 하나
까치밥은 내 마음을 따뜻하게 덥혀준다

하늘 아래 작고도 큰 사랑의 까치밥은
노을처럼 물드는 가을의 약속이며

하늘을 오가는 새들에게 내어주는 따뜻한
등불 같은 것이다

가끔은 그런 마음으로 남을 위해
조금씩 남겨두는 배려와 따스함을 배우며

가을바람에 붉게 익어가는 그 모습만으로
내 마음은 가을의 소박함을 닮아 간다네

행복의 탑은 너와 내가 쌓는 것

아침 햇살이 문틈으로 스미는 것처럼
행복은 미소를 지으며 찾아오는 것 같다

작은 것들에 감사하는 소박함으로
평안을 찾을 때 행복도 찾아드는 것 같다

함께 나누는 웃음과 대화로 느끼는 온기
작은 배려 속에 행복은 커가는 것이며

쫓기지 않는 평온과 서로를 이해하는 사랑
그 속에 행복의 정의가 있는 게 아닐까?!

삶의 작은 순간 속에 소중한 사람들과
진정한 마음을 나누어갈 때 행복도 있는 것

지금 이 순간 행복은 멀리 있지 않으며
바로 우리 곁에 그림자로 머물고 있답니다

서정의 별빛으로

밤이면 별빛의 서정이 내 마음의 문을 흔들고
서정적인 음악은 나의 영혼을 깨운다

詩語는 멜로디를 타고 리듬 따라 영혼을 싣고
나의 감성은 詩의 이야기로 남겨간다

詩로 탄생한 내 삶의 소중한 기억들,
현실 속에서 우울할 때면 생의 위로가 돼주며

삶의 미소와 눈물의 흔적들로
詩는, 내 영혼의 불꽃으로 세상에 남겨간다네

권모술수의 바다

권모술수의 바닷속에 진실은 흔적 없이 가라앉고
허울 좋은 말들만이 파도처럼 밀려오는 세상

보이지 않는 끈에 조종되며 전혀 눈치채지 못한 채,
우리는 서로 속이며 자신을 지키려 발버둥친다

잔인한 게임 속에, 명예와 도덕은 저 멀리 사라지고
뒤틀린 손익의 저울 위에 우리는 무겁게 서 있다

그러나, 권모술수의 그늘 속에서도 빛이 비출 때
먼지가 햇빛에 드러나듯이 진실은 모습을 드러낸다

딸깍거리는 틀니

세월이 흘러가는 동안 우리의 치아는 흩날리듯 사라지고
커다란 웃음 뒤, 남겨진 자리에
혼란스럽게 흔들리는 세상처럼 틀니도 흔들린다

오복 중의 하나인 소중한 치아를 관리 못한 죄가 크나
젊음은 잠시 머무르는 손님, 틀니는 그 뒤의 친구로 온다
비록 완벽하진 않더라도, 우린 여전히 웃을 수 있고

그렇게 세월이 허무하게 갔어도
우리가 지켜온 시간의 흔적인, 틀니 속에 담긴 이야기는
달콤한 추억과 미소로 여전히 빛나리라

딸각이 : 요즘 젊은이들이 노인을 비하할 때 쓰는 말 중의 하나인 것 같다.

하루하루 채워지는 빈 주머니

어제와 오늘, 그리고 내일로, 각각의 이야기가 피어오르고
빈 주머니에 채워지는 하루하루 작은 꿈과 희망을 담는다

겨울엔 첫눈의 설렘을, 봄에는 꽃봉오리의 희망을
여름에 바다의 푸르름을 가을에는 단풍의 낭만을 담아낸다

작고 사소한 일상 속, 주머니 속에 담긴 미소들로
눈물과 웃음, 그 모든 순간 365일의 이야기들로 채워질 때

우리의 소중한 기억들이 결코 빈 주머니가 아니라
그 안에 담겨있는 모든 것들, 삶의 보물이 되어 반짝인다네

망양보뢰 亡羊補牢

손가락 사이로 빠져나간 모래처럼
그때의 그 선택,
늦은 후회로 어리석음의 그림자로 다가선다

눈앞에 보이던 길
뒤돌아보는 미련이 눈물 되어 돌아갈 수 없는
어제의 강으로 흐르고

그리운 순간들로
마음속 깊은 곳에 남은 상처로 쌓여가는 한숨은
소용없는 약처럼 늦은 깨달음으로 남는다

사후약방문, 뒤늦은 후회보다
어리석은 나의 삶 속에서 많은 것을 깨달아가며
지금, 이 순간을 소중히 여기리라…

망양보뢰 亡羊補牢 : 양을 잃은 뒤에라도 우리를 고친다면 늦지 않다는 뜻.

눈물로 피는 동백꽃

가슴 저린 겨울바람 속에서도 고운 눈물로 맺혀
흰 눈이 내려앉는 그리움의 숲 속,
멀리 붉은빛으로 피어오른다

차가운 어둠을 뚫고 솟아나는 봄의 가인이여,
그대의 열망은 동토의 시간 속에서도
변치 않는 사랑의 증표라

봄을 향하여 겨울을 달려온 동백의 그 고운 사연 하나
어둠 속에서도 동백꽃의 붉은 속삭임이
가슴 깊은 곳을 울린다

추운 밤이라 해도 시들지 않는 정절의 그 아름다움,
그대의 따뜻한 숨결이 동면 속에서도
봄을 불러 눈물로 흐른다

겨울 끝자락, 그대의 붉은 꽃잎은 희망의 불씨로 피어나
지난 세월을 소망의 꽃으로
하얀 눈 속에 붉게 피어나게 하리라

라벤더의 향이 밤을 수놓을 때

달빛 아래 소박한 풀밭 속에 그윽한 보랏빛,
라벤더의 향이 별빛으로 가득한 밤을 채울 때
라벤더의 은은한 꽃향기는 그대 생각에 젖게 한다네

봄바람이 차갑게 얼굴을 스칠 때면
그대의 모습은 아련한 추억으로 찾아와
그대 향기로 별빛 속에 머물며 달콤한 꿈을 속삭이고

라벤더의 부드러운 숨결 속에 그 향기는 영원히 남아
순수하고 깊은 그대의 향기로움으로
언제나 내 마음을 따뜻하게 감싸 준다

그렇게 어둠 속에서도 환하게 빛나는 라벤더,
그대의 고운 얼굴로 그대의 향기에 내 마음을 맡긴 채
내 마음은 한 조각의 평온을 찾는다

때로는 희미한 새벽이 찾아올 때까지
라벤더의 향기로 밤을 지새우고
아침 햇살 속에 너를 보며 또 다른 하루를 시작한다네

숲 속의 카페

물들어가는 나뭇잎 사이로
가을 바람이 속삭이는 숲 속의 카페,
차 한 잔에 담긴 고요한 시간의 향기는 흐르고

창밖으로 보이는 황금빛 들판엔
지금도 그때의 은행나무는 낙엽이 춤추며 내려
삶의 소란을 잊은 마음은 평화를 찾는다

차 한 모금에 스며드는 가을의 깊은 맛
그 속에서 우리는 서로의 옛이야기로
시간이 가슴으로 흘러 그리움의 향수에 젖는다

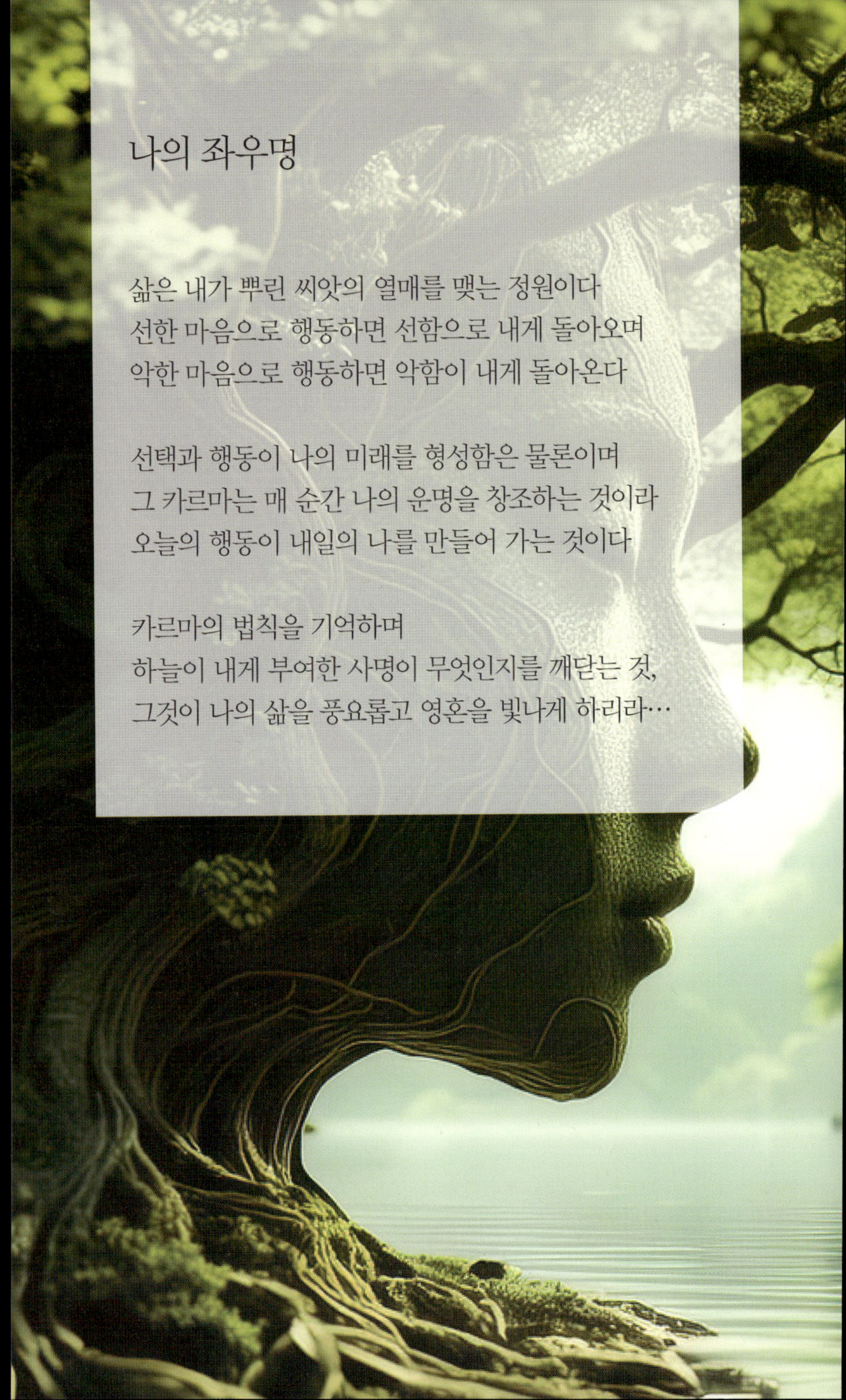

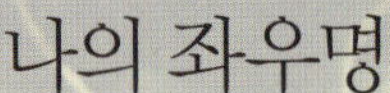

나의 좌우명

삶은 내가 뿌린 씨앗의 열매를 맺는 정원이다
선한 마음으로 행동하면 선함으로 내게 돌아오며
악한 마음으로 행동하면 악함이 내게 돌아온다

선택과 행동이 나의 미래를 형성함은 물론이며
그 카르마는 매 순간 나의 운명을 창조하는 것이라
오늘의 행동이 내일의 나를 만들어 가는 것이다

카르마의 법칙을 기억하며
하늘이 내게 부여한 사명이 무엇인지를 깨닫는 것,
그것이 나의 삶을 풍요롭고 영혼을 빛나게 하리라…

무서리 꽃

밤이면 달처럼 피었다 홀연히 사라지는 무서리 꽃
가을비 내리는 날이면 빗물로 스스로 감성을 지워 간다

한숨으로 피었다가 눈물로 지는 순백의 무서리 꽃
꿈을 지우는 동안 시작과 끝을 알리는 세월의 꽃과 같다

그립고 아쉬움에 가슴 조이는 먼 젊음의 뒤안길
물방울처럼 흐르는 빗소리 어우러져 넌 진정 아름다웠거늘

자유에 무서리 꽃, 내 가슴에도 무서리 꽃 한 송이 피워내
밤마다 가슴앓이 통증으로… 나, 그대를 그리워하노라…

무서리 꽃은 김월한 시인의 작품으로, 그의 감성적인 시적 표현과 철학적
인 내용이 돋보입니다. 이 시는 자연의 변화와 인생의 순환을 무서리 꽃
을 통해 표현하고 있습니다. 김월한은 무서리 꽃을 비유적으로 사용하여
시간과 감정의 변화를 묘사하며, 그 속에 우리의 삶과 사랑, 그리움이 담
겨 있습니다.

삶은 빛나는 길이라

삶은 빛나는 길이라
눈물이 흐르는 순간들로 가득하다

삶을 사랑으로 가득 채운 채
행복과 슬픔이 함께 생을 노래하며

그렇게 사랑과 용기, 그리고 지혜로
어려움을 극복하며 살아 간다

사랑하는 사람들과의 추억들로
우리는 삶을 소중하게 생각한다네

생명은 자연의 춤사위

자연의 숨결 속에 생명의 노래가 흐르고
푸른 대지 위에 자유의 발걸음이 울린다
산들이 바람으로 깊은 숨을 쉬듯
모든 생명은 하나로 어우러져 영원을 노래한다

자연은 생명의 무대, 그 위에서의 모든 이야기로
생명의 춤은 계속되어 저마다의 의미를 만들며
춤사위 속에서 우리는 진정한 삶을 배우고
자연의 아름다움 속에서 생명의 의미를 찾아간다

자연의 심장은 끊임없이 뛰고 있으니
그것은 생명의 불꽃, 영원히 꺼지지 않는 빛이라
우리는 모두 그 빛 속에서 태어나고
그 빛 속에서 살아가며 그 빛 속에서 쉬어간다

부부의 추억

부부가 살아가는 길목마다 흔적을 남기는 이야기들로
조용한 숨결 속에 삶의 무늬를 새긴다

햇살 아래 춤추는 잎사귀들의 속삭임
그늘진 곳의 고요함 속에 쉼 없이 흐르는 시간의 노래

바람에 실려 오는 먼 곳의 소리들은
서로의 마음의 문을 두드리며 새로운 꿈을 꾸게 한다

동반자의 길을 걷고는 있지만 얽히고설킨 운명 속에
서로의 이야기가 만나 하나의 큰 강을 이루는 것 같다

보릿고개

바람결에 실려오는 보리의 향기
푸르른 들녘을 수놓은 물결
한 때의 굶주림과 고난의 상징이었다

보리가 익어가는 그 시절에도
여전히 몸도 마음도 타들어 갔지만
눈물로 희망의 씨앗을 뿌려나갔다

보릿고개, 너는 역사의 증인
가난의 아픔을 알려주는 스승
그 시절을 넘어 우리는 단단해졌으니

이제 보리밭은 풍요로움의 노래
기쁨의 노래로 보릿고개를 넘는다
그리고 새로운 내일을 향해 나아간다

시선집 詩選集

나, 돌아갈 길에 두고 가야 할 시구 詩句들
눈물 한 바가지, 옅은 한숨으로 쓴 시어 詩語들

시선집 詩選集으로 두고 가는 세상은
녹록지 않은 삶 속에서도 행복했던 날들이었다

철심으로 하나하나 몸을 지탱하며 버틴 말년에
삶의 노예로서 자유로운 영혼으로 돌아갈 때

시선집 하나, 가슴으로 그때를 그리워하겠지만
돌아올리 없는 영원한 이별가도 되겠지…

그러나 낯선 여행지를 찾아 헤매던 익숙함은
결코, 소천 召天의 길도 낯설지는 않을 것 같다네

바람, 구름 그리고 산

이슬 맺힌 소나무에 별빛이 내리고
절벽 그림자의 시간을 잊은 채
천상을 나는 꿈을 꾸는 산새들, 그곳에
내 넋을 두고 온 산봉우리가 그립다

흰 구름 속에 고요히 서 있는 산봉우리
바람에 스치는 산사의 종소리
너도밤나무, 굴참나무 그리고 산유화
하나도 그립지 않은 것이 없다

어느덧 가버린 세월도 서러울진데
영원할 것 같았던 젊음은 간곳없이
머리에 서리 내린 공허함 속에 바람만이
그날을 속삭이며 사라져 간다네…

사별의 공허함

그리움이 밀물처럼 차오르는 밤이면
사별 뒤에 남는 공허함과 무거움

밤마다 별들은 여전히 빛나건만, 나에게는
사랑했던 그 순간들이 눈물 되어 흐른다

누구는 다시 시작할 수 있는 용기라지만
과연, 그 용기란 무엇인가요?

우리가 함께 걸었던 길 위에
남겨진 발자국은 바람에 서서히 지워지고

그대의 해맑은 웃음소리만
밤마다, 나의 꿈속에서 들려옵니다

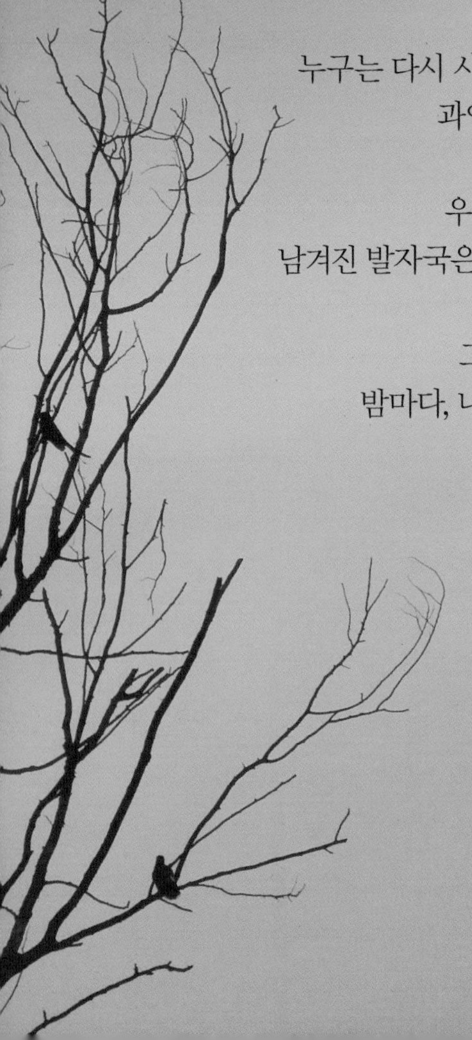

부부의 이름이란

폭풍이 부는 날에도 고요한 밤에도
함께하는 시간이란 참으로 소중하다

부부의 사랑은 시간을 초월하여
영원히 변치 않는 약속으로

서로의 눈빛에서 반짝이는 별을 보며
두 마음이 하나로 빛나는 것

그리고 서로의 존중으로 자기를 낮추고
조화롭게 하나의 멜로디를 이루며

삶으로 함께하는 긴 여정이야말로
서로에게 최고의 선물이 되는게 아닐까?

경제의 진정한 가치

숫자의 바다에서
시장의 논리는 바람처럼 소리없이 퍼져간다

자본의 흐름은 강물처럼 굽이쳐 흐르고
풍요로움의 꿈, 때로는 공포의 그림자를 남기나

투자의 씨앗이 땅에 뿌려지면
시간의 농장에서 인내는 가장 달콤한 수확이 된다

숫자 너머에는 우리 모두의 삶이 펼쳐지고 있으며
경제는 단지 수단일 뿐 목적이 되어서는 안 된다

인간의 가치를 계산할 수 있는 공식은 없으니
경제의 진정한 가치는 사람에게 있음을 기억하자

여명 黎明

가난의 어둠 속 그림자
두꺼운 벽이 한 줄기 빛조차 막아섰다

빈 주머니 휘돌아 가는 찬바람 소리에
차가운 밤을 견디어야 하는 가난

행복을 찾는 눈동자 어둠을 헤매고
손끝의 굳은살 노동의 땀방울로 맺는다

눈물 속의 미소로 살아가는 용기
오직, 희망 하나 다짐으로 부여잡으며

가난은 우리를 강하게 만들기도 하지만
희망을 잃지 않게 하는 힘도 있으니

노력과 성공은 절대 공약수라
어둠 속에서 여명을 찾은 자, 그대뿐이다

세상 속의 편린들이 모여

흩어진 빛의 파편 같은 삶의 조각들
어디서 오는지 모를, 그저 흘러가는 시간 속에서의
그 편린들을 모아 이야기를 만들어 간다

어둠 속에서도 별처럼 빛나는 작은 조각들
때로는 아픔과 슬픔도 함께 담겨있어
그로 어쩔 수 없는 고통의 대가를 치르기도 한다

그래도 편린 속에서 찾은 작은 행복과 기쁨으로
우리를 앞으로 나아가게 하는 힘이 되며
그런 일면의 이야기들이 진정, 우리네 삶이 아닐까?

그렇게 어머니의 품속 같은 우리의 꿈과 희망 속에
비록 완전하진 않아도 그 자체가 아름다움으로
우리네 인생살이, 어쩌면 거기서 거기일 것만 같다

이슬 같은 세상을 지나며

아기들은 모습만 달리한 천사다
천국이 미처 지워지지 않은 모습이다

그러나 부모의 품에서 가풍에 물들고
천사의 모습을 지우며 세속을 닮아간다

언제부턴 천상의 마음을 잃어버린 채
마음을 두고 가는 시간을 아쉬워하며

짐작 가는 이야기들을 세상에 남기고
끝내는, 서러운 마음을 닫는다

전쟁

평화의 그림자가 드리워진 대지에
천둥 같은 포성이 울리고
무고한 영혼들이 흙으로 돌아간다

강철 비가 내리고
대지는 붉은 눈물로 얼룩지고
인간의 존엄성이 흔적도 없이 사라진다

어머니의 품속 같던 들판이
전쟁의 불길에 타버리고
희망의 씨앗마저 잿더미로 변하였으나

전쟁의 잔혹함 속에서도
사랑과 용서의 꽃이 피어나길
우리는 간절히 기도한다네 평화와 함께…

밤의 기도

임이시여

별빛이 내리는 깊은 밤,
마음 문을 두드리는 달빛 아래에서
내가 눈물로 임을 맞이하나이다

밤하늘에 펼쳐진 우주 속의 작은 나
그 어떤 슬픔에도 쓰러질지라
의지할 곳은 임의 품 안이시라

어둠 속에서도 길을 잃지 않도록
희망의 씨앗을 빛으로 보게 하시어
세월의 희망에 끈을 놓지 않게 하소서

이 밤, 모든 것이 잠들어 조용한 기도로
내 가슴 깊은 곳의 소원을 빌어
새벽을 알리는 빛처럼 이루게 하옵소서

詩와 음악

아름다운 선율이 마음을 위로할 때
내 영혼은 은하수 무지개 다리를 걷는다

꿈결처럼 부드러운 천상의 선율,
감정에 이끌린 언어들로 만야를 밝히고

음악은 마음의 호수에 파문을 일으키며
詩와 고요한 서정을 채워 간다네

도시의 새벽

잿빛으로 침전된 새벽의 고요
가로등 불빛으로 매연 그림자 드리운다

숨결마다 흐르는 검은 매연의 향연
도시의 헐떡이는 숨소리마저 애처롭다

백지 위에 검은 잉크가 번져가듯
인간의 발자취마다 오염으로 얼룩진 모습

강한 생명만이 살아남는 게임 같은 도시에
러시안룰렛 같은 무서움이 보인다

그 속에서도 실낱같은 나무들 숨소리
맑은 공기를 향한 희망, 무엇이 답이겠나?

침묵의 노래

고요한 밤, 달빛도 쉬어가는 시간
말 없는 세월 속에 숨겨진 이야기들이
바람에 쓸쓸히 흘러가고
나는 달빛 아래 침묵을 지킨다

세상 뒤안길을 서성이는 내 발길
별들이 수군대는 이야기에 귀 기울이고
바람 속에 흐르는 달빛 춤사위는
서러운 영혼을 감싸 안는다

말하지 않아도 전해지는 마음으로
소리 없는 대화 속에 피어나는 감정들
때론 침묵은 가장 깊은 위로라,
그렇게 침묵으로 세상을 알아가리라

슬픔의 섭리

갈바람 속에 슬픔이 스며들 때
잊힌 기억들이 하나둘 떠오른다

가슴 한쪽에 숨겨둔 아픔은
눈물되어 흐르고

그리움이란 이름의 시간 속에
사랑이 메아리친다

흘러가는 구름처럼 슬픔도 흘러
비워진 자리 새로운 꿈이 싹틀 때

슬픔의 섭리를 알아가는 세월로
인생은 넓고 깊은 바다가 되리라

월악산 영봉 그리고 청풍호

초록빛의 향기와 함께 떠오르는 새벽은
고요함과 평화를 가져다준다

신령스런 초록빛이 부서지는 아침 노을,
찬란한 빛의 향연에 고뇌를 삼키고

자연의 소리는 잡념을 씻어내며
지평선을 바라보는 마음은 차분해진다

청풍호 아름다움은 깊은 이해와 영감을
영봉은 꿈을 상징하며 의지를 남긴다네

어머니, 어머니

기러기 제 이름을 부르며 구만리 울며 난다
달을 지고 어미를 따라가던 하늘길을 찾아
어미가 불러준 이름으로 목메도록 울어 간다

옛날을 회상하며 달이 기울도록
별을 보며 눈가에 이슬 맺는 까닭이란
그토록 나를 불러준 어머니가 그립기 때문이다

기러기 제 이름을 부르며 울며 날아가듯
어머니를 부르다 별이 될 것처럼
어머니 가슴을 파고드는 아이로 곤히 잠들어

꿈속에서 구천 九泉을 향하여 어머니, 어머니
곧 오실 것 같아 목메어 부르지만
언제나 잠에서 깨어나 베갯머리 눈물로 젖는다

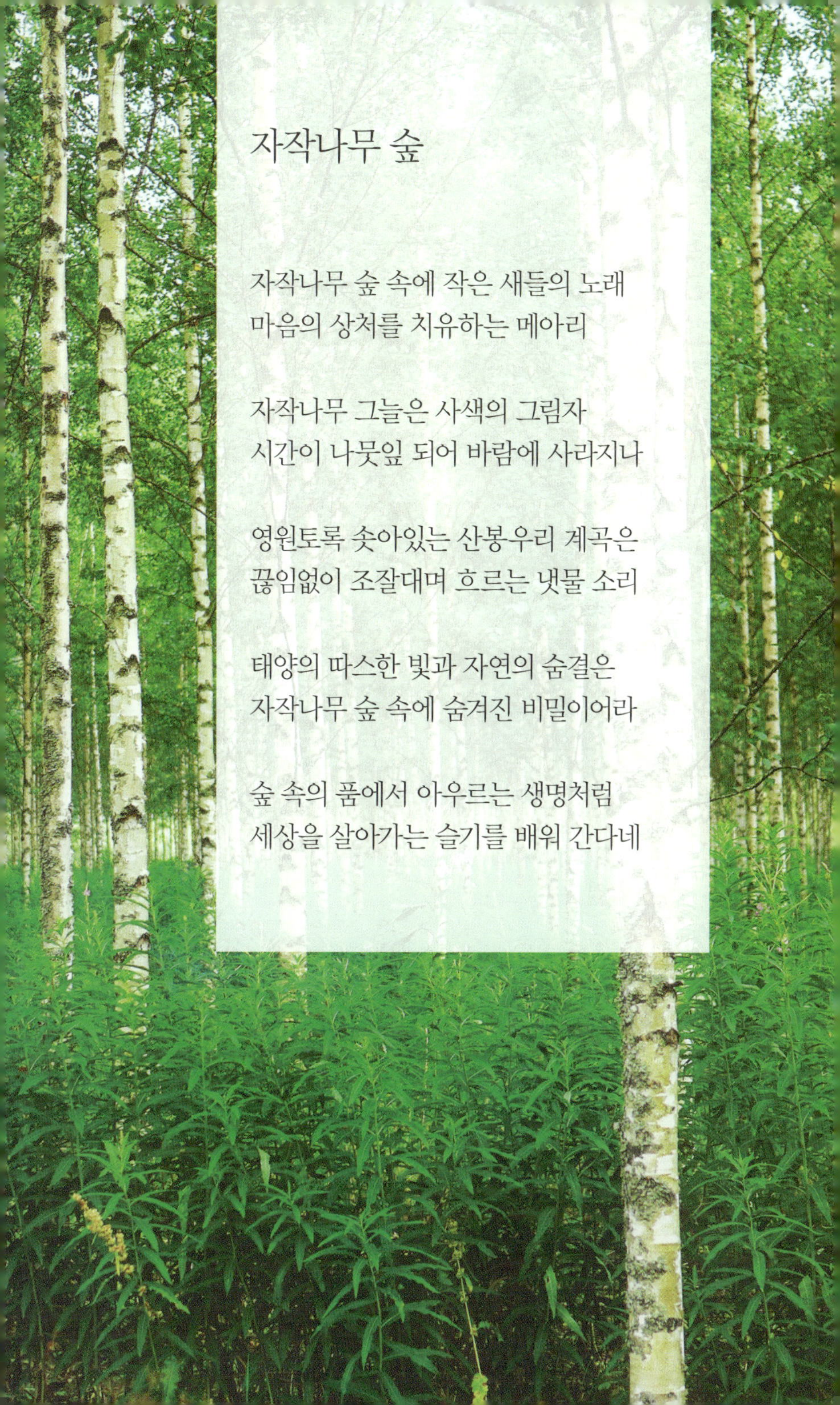

자작나무 숲

자작나무 숲 속에 작은 새들의 노래
마음의 상처를 치유하는 메아리

자작나무 그늘은 사색의 그림자
시간이 나뭇잎 되어 바람에 사라지나

영원토록 솟아있는 산봉우리 계곡은
끊임없이 조잘대며 흐르는 냇물 소리

태양의 따스한 빛과 자연의 숨결은
자작나무 숲 속에 숨겨진 비밀이어라

숲 속의 품에서 아우르는 생명처럼
세상을 살아가는 슬기를 배워 간다네

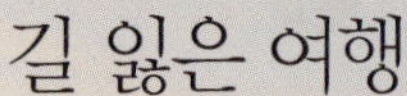

길 잃은 여행

여행은 내 삶의 끝이 없는 꿈
새로운 세상의 문을 열어본다

푸른 하늘 아래 흰 구름 따라
세상의 모든 길을 걸어

자유로운 영혼을 찾아
때로는 갈 길을 잃고 싶어진다

기대와 설렘의 무게를 안고
내일의 여행을 꿈꾸며 잠들고

새로운 발견, 새로운 이야기들
낯선 길을 하염없이 걷다가

오늘은 기억의 도시를 지나
고향으로 돌아가는 길을 찾는다

물망초

슬픔으로 피어나는 천상의 꽃으로
아름다움에 놀라 숨이 멎는다

낯선 세상, 고독한 사랑의 향기로움은
바람 따라 세상을 떠돌다가

하늘을 닮은 서정으로
사랑하는 사람의 가슴에 피어나는 꽃

세월이 흘러도 변치 않는 마음은
그리움 무게만큼 사랑은 깊어만 간다

그리움을 별들에 속삭이는 밤마다
그대 생각에 잠 못 이루고

"나를 잊지 마세요" 진실한 약속으로
영원한 세월을 피어나는 물망초라네

알프스 샤프베르크

오스트리아 샤프베르크 Schafberg 절벽
즐거움과 감동이 끝없이 밀려온다

사운드 오브 뮤직의 배경인 山, 샤프베르크
계곡엔 넋 잃은 바람이 부딪혀 가고

가슴을 뜨겁게 사르는 불꽃!
아름다운 풍경은 임과의 만남을 주선한다

난… 임의 가호가 내리는 여기, 망부석
말 없는 눈물로 또 다른 세상을 바라본다네

山은 나의 은신처

산봉우리 걸린 구름 조각들
흩어지는 구름 사이로 비추는 햇살에
가슴에 숨겨놓은 이야기 내보인다

내 마음을 품어 영혼으로 교감하는 산,
햇살 아래 은빛 나는 날갯짓 하나에
기슴을 스치며 꿈들이 춤을 춘다

사향 나무 사이로 속삭이는 바람 소리
귀 기울여 들리는 것은 영혼의 소리
사라지는 내면의 소란騷亂들

임의 말씀처럼 하늘 높이 솟은 봉우리는
오늘도 평온을 가슴으로 채우며
고요한 삶을 살라 한다네

동유럽 여행 중

낯선 이국땅에서의 고요한 새벽,
마음의 문을 두드리는 소리
삶의 바람에 흔들리는 빛을 모은
기도 속에 그리움이 흐른다

어둠 속에서도 길을 비추는
소망의 등불,
하늘을 향한 마음으로 두 손을 모아
내 아이들의 이름을 불러 본다

한 줄기 빛이 되어 내리는 은혜의 비,
그들의 마음을 적시고
가슴에 맺혀 꽃처럼 피어나 그들의
머리를 면류관으로 빛나게 하소서

잊힐 날이야 있겠지요

슬픔도 그리움도 세월로 묻혀 간다
그런들, 가슴에 상처는 영원한 불씨로 남겠지

봄이면 남풍 불어 그리움 지피며
여름이면 수국으로 피어나 빗물이 눈물 된다

핏물 단풍으로 물든 가을엔 넋으로 산화되어
겨울 찬서리바람에 흩어지는 뜬구름처럼

언젠가는 내일이 오지 않을 때야
정녕, 그대를 잊힐 날이 있기야 하겠지요

꽃무릇

사색의 가을
하늘도 바다도 가슴이 시리도록 푸르기만 하다

가슴이 저리도록 차오르는 상념의 바다
맑고 푸른 하늘로부터 한 줄기 그리움도 내린다

사랑한단 말로는 못다 채울 깊은 상념의 바다여
그리움의 눈길로도 닿을 수 없는 높은 하늘이여

아… 지금은 그대 보낸 세월 자리에
꽃무릇만이 붉은빛으로 가을 앓이로 피어나고

내 가슴도 그렇게 피멍으로 물들어 간다
서글픈 가을, 가슴앓이로 피어나는 그리움이라네

노인으로 사는 삶

소싯적 자랑스러울 것이 없다는 것에 다행스럽다

언제나 지식에 대한 목마름에 감사하게 느껴지며

미천한 나의 생을 기도로 자복게 하심에 감사하다

오직, 그중에 제일은

부족함을 기도로 채워가는 삶이어서 행복하다네

하늘에 사랑의 詩를 쓰다

내게 영감을 주는 그대, 하늘에 詩를 쓴다
가슴에 머물러 사랑은 커가고
그리움은 구만리 하늘을 난다

동토 凍土의 깊은 계곡을 지나
봄비 따라 목련 향기를 품고 온 그대,
흐르는 세월도 지울 수 없는 사랑의 밀어

고스란히 남아있는 세월의 흔적들로
자연을 모방하는 詩처럼, 하늘과
꽃잎에 사랑을 쓰고 빗속을 말없이 걷는다

음악과 두 개의 門

고전 음악은 나의 모태의 산 줄이며
하나님과의 고독한 대화였다

내 생에 음악이 없었다면
나의 삶과 감성은 피폐했을 것 같다

때론 운명의 신은
문을 닫았으나
또다른 음악의 문을
열어 두셨으니

젊은 날
불운의 삶을 영위할 때
참된 위로와 희망을
잃지 않았었다…!

비금도 그림산 투구봉

고고하게 하늘에 떠있는 산
새가 날아가는 모습을 닮은 섬 비금도에
별이 되고자 억겁을 날갯짓 하던 투구봉이 있다

석곡 石斛이 아름다운 그림산 투구봉
연꽃처럼 점점이 떠있는 섬들을 곁에 두고
나는 아름다운 동화 속 은하수 길을 걷는 것 같다

설악산의 작은 공룡 능선을 지나
작은 오작교를 건너 투구봉에 이르러
나는 어느덧 생떽쥐 베리의 어린 왕자가 되어 있다

오늘 밤, 나는 비금도 투구봉 별빛 지기 되어
홀연히 떠나 온 별을 찾아
리빙스턴의 갈매기가 되어 먼 꿈길을 떠나 보련다

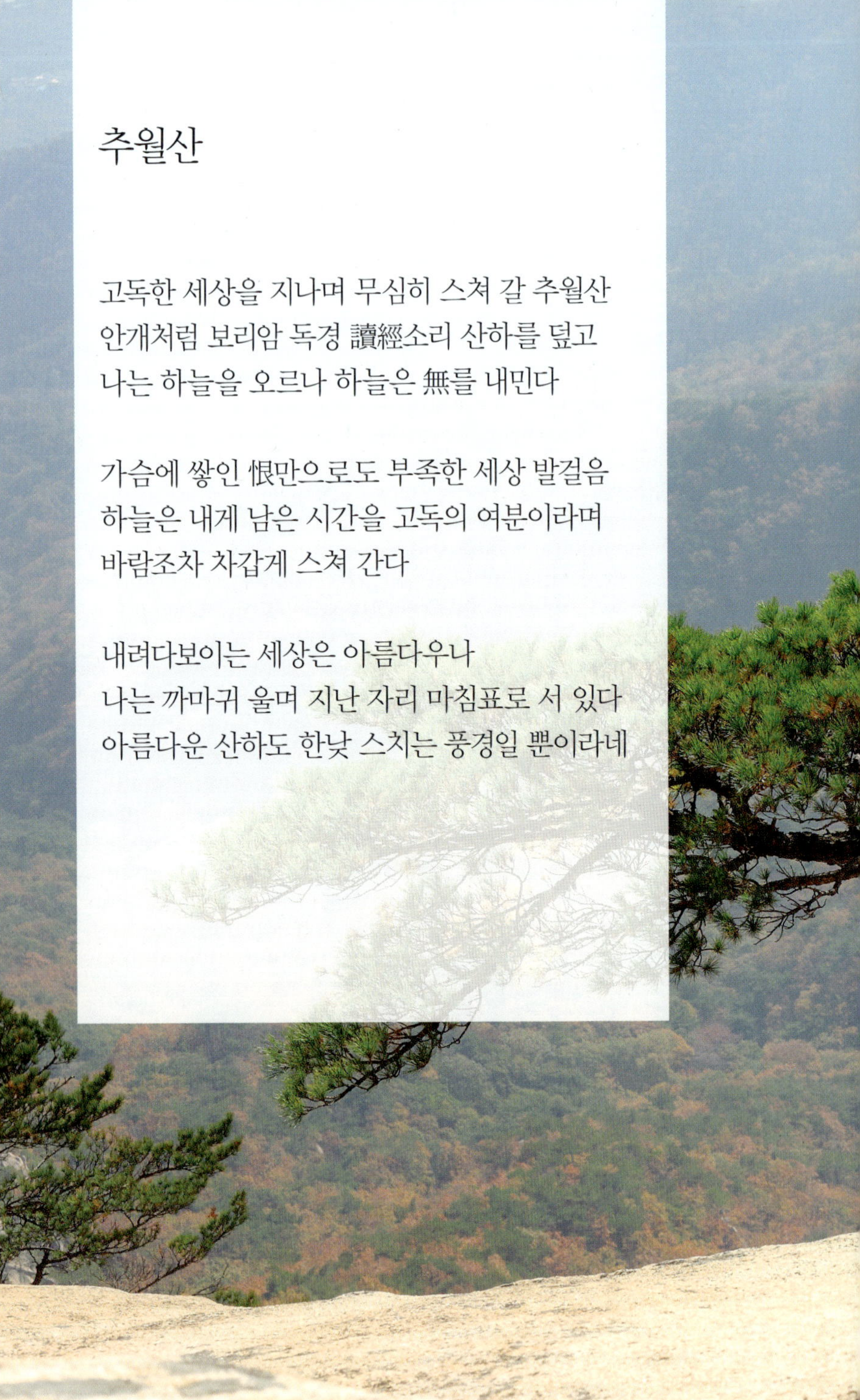

추월산

고독한 세상을 지나며 무심히 스쳐 갈 추월산
안개처럼 보리암 독경 讀經소리 산하를 덮고
나는 하늘을 오르나 하늘은 無를 내민다

가슴에 쌓인 恨만으로도 부족한 세상 발걸음
하늘은 내게 남은 시간을 고독의 여분이라며
바람조차 차갑게 스쳐 간다

내려다보이는 세상은 아름다우나
나는 까마귀 울며 지난 자리 마침표로 서 있다
아름다운 산하도 한낮 스치는 풍경일 뿐이라네

간월도看月島, 간월암看月庵

속세의 인연과 닿을 듯 말듯
독경 소리 외로워 갈매기 울고 나는 섬
바람조차 망망대해로 불심을 실어 나른다

내 발길 닿는 곳이 길이요 진리라
비루하나 내 몸이 수행처일지니
달만을 바라보며 울리는 청아한 목탁 소리

돌아보면 속세요 앞을 보면 만경창파라
먼지 같은 주검 앞에 영혼은 무념무상일지니
할절의 가사, 목탁 하나면 족하지 아니한가?

"달만을 봐야 하는 작은 섬"으로 달을 부처로 그리고 성철 스님을
생각하여 보았다.

오금도 비렁길

계절의 요정은 산하에 붉게 물든 가을을 흩뿌리고
풍문으로 들리는 전설의 비금도 비렁길은
파도 소리로 자유로운 영혼들을 불러 모은다

세월이 흘리고 간, 한 서린 파도는 비렁바위 부딪고
숨죽여 울며 그리움을 애절하게 노래하는
솔베이그의 외로움은 바다를 적신다

비운의 날개를 달고 신세계로 떠난 어부들의 영혼들
천 년의 그리움을 품고 기다림을 노래하는 솔베이그,
가을이면 혼불 되어 밤하늘을 난다

별들의 빛이 바다에 내려 윤슬로 춤추고
조각 달은 영혼들을 실은 돛단배로 바다를 흐를 때
전설의 비렁바위에 흘린 내 눈물도 그제 파도를 탄다네

사랑의 빛

어두운 길을 밝히며 희망을 주는 빛처럼
사랑은 한 줄기 빛과 같다

사랑은 시간이 지나도 늘 푸른 잎을 지닌
한 그루 나무와도 같아야 한다

비록, 차가운 한 잔의 차를 나눌지라도
진심으로 사랑하는 뜨거운 피 같은 사랑

그리고 슬픔을 잊게 하며 행복을 더하는
웃음과도 같아야 한다

어떤 어려움도 이겨낼 수 있는 소중한 길,
서로의 손을 잡고 가야 하는 길,

진심 속에서 기억될 아름다운 詩처럼
그렇게 길이 남을 한 편의 詩와 같아야겠지…

장엄 미사곡

구름 사이로 달빛이 흐르고
구름과 춤추는 별빛들 사이를 바람으로 흐르는
베토벤 장엄 미사곡

정화되어가는 감정 위에 슬픔이 발돋움 한다
그 너머 보이는 것들로 살아온 탐욕의 갈퀴 손
어느새 내 목을 조인다

눈을 감으면 들리는 아우성
회개의 소리, 자책의 소리
회개 지심(悔改之心)으로 먹구름이 벗어진들

내가 돌아갈 곳은 어디인가?…
오! 휘영청 달 밝은 밤에 빛나는 별들이여
장엄 미사곡, 내 가슴에 언제까지 울릴 지어라

내가 부를 이름들로

까치 방 창문으로 맞는 세상의 아침은
희미한 산등성이 실루엣이
하늘과 경계를 나누기 시작한다

밝아오는 투명한 가을 하늘이 아름답다
그러나 하늘이 푸르게 보이는 건
내가 부를 수 있는 이름들이 있기 때문이다

사랑의 이름으로 가족의 이름으로
오늘도 내가 부를 이름들이
산 넘어 햇살을 타고 가슴으로 스며들 때

날마다 그들의 이름을 부르는 기적의 삶은
가족들에 사랑의 수필이 되고
내일은 그들로 소망의 詩가 된다네

詩는 장미로 피어나고

삶의 길가에 피어난 장미 한 송이
장미 향기를 가슴으로 품는다

언제나 명상으로 봉오리 맺으며
가슴에 흐르는 눈물로 피어나지만

어제는 붉은 장미, 오늘은 백장미
꽃잎은 눈물 같은 이슬로 젖는다

그러나 진정 아름다운 장미는 내일
속절없이 홀로 피어나리니

하늘의 여명으로 내릴 것이며
눈부신 무지갯빛으로 피어나리라

시리우스

밤마다 수많은 시선을 거쳐 간 별 하나에
내 시선도 밤이면 거기 멈춘다

사랑하는 사람의 시선이 머물기 때문이며
별 하나에 부쳤던 수많은 연서, 그리고 맹세

나는 그렇게 별 하나에 영원히 갇혀있다
그대 눈동자, 시리우스 유성이기 때문이라네

용서하소서

임이시여
비루하나, 내 생의 남은 시간을 소중하게 하소서

삶의
진리를 추구하며 힘겹게 달려온 시간이었나이다

하지만
소용없이 길에 흘려진 시간으로 가슴은 미어지고

눈물로
자복 自服하나니 어리석음을 나무라지는 말아주소서

내 생애 최고의 날들로 정령
임의 말씀으로 내 영혼이 위로받을 때를 기억하옵소서

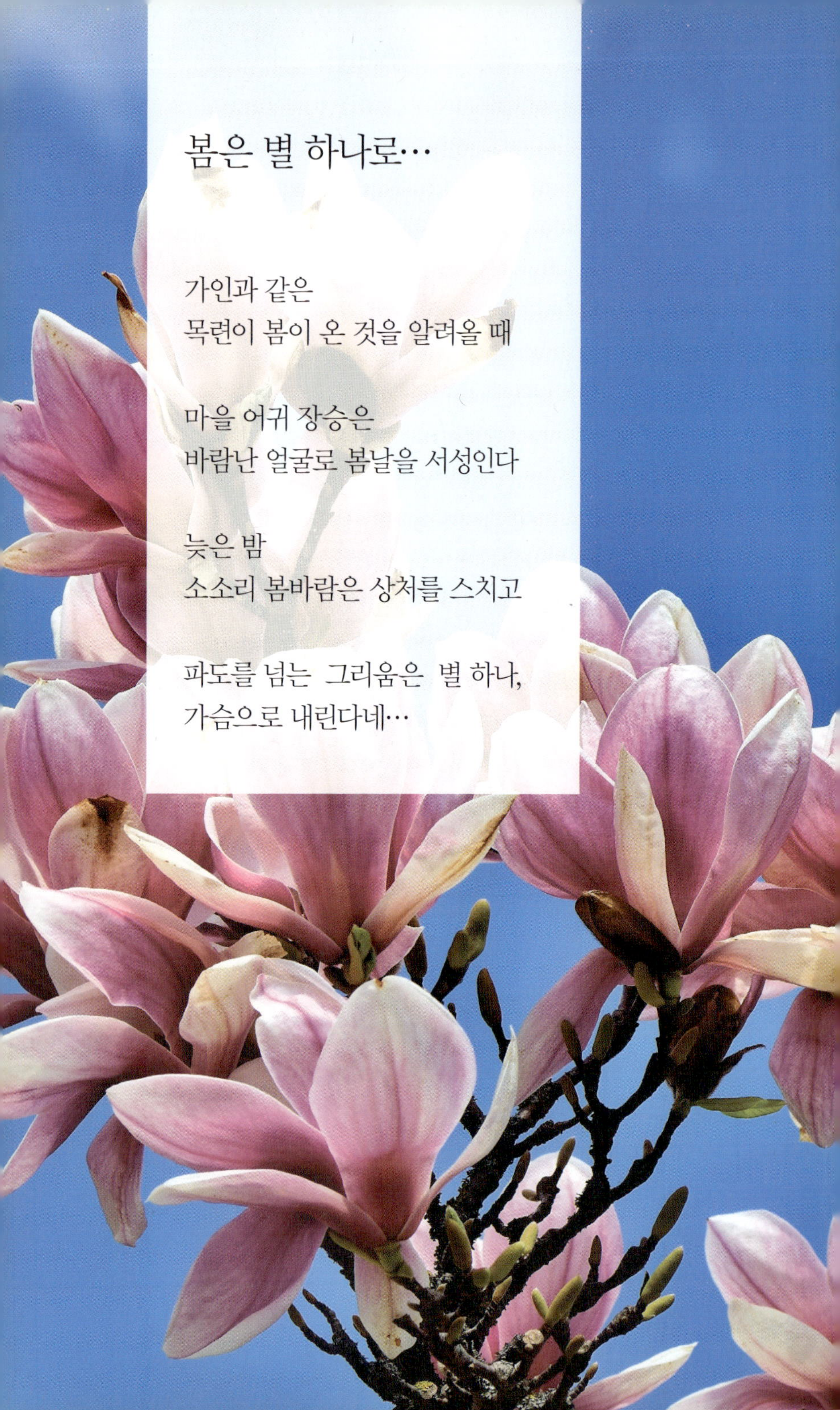
봄은 별 하나로…

가인과 같은
목련이 봄이 온 것을 알려올 때

마을 어귀 장승은
바람난 얼굴로 봄날을 서성인다

늦은 밤
소소리 봄바람은 상처를 스치고

파도를 넘는 그리움은 별 하나,
가슴으로 내린다네…

시인의 숨비소리

해 진 자리에 노을이 저리도 붉은 것은
미처 못다 피운 꿈으로 시들어가는
여느 영혼의 한 서린 불꽃이리라
혹은 세상에 두고 가는 설움의 흔적이리라

그렇게 사람들의 시선이 못내 아쉬워
숨어 우는 시인의 마지막 혼불처럼
서러운 숨비소리 무너진 자리엔
눈물의 묵향으로 한 권의 시집이 놓이리라

울림으로

산사의 낮은 새벽 종소리
고요한 산하를 깨운다

종지기의 자비로움으로
세상 문을 열어

하루의 삶을 참 진리로
선행하게 한다네

참 불심으로
드러내지 않는 향기로움은

구름으로 흐르고
바람으로 천 리를 흐른다네

울림으로

사랑 한 줌, 인생 한 줌

깊어가는 밤이면
달빛 솔가지에 감성을 달아 놓은 채
하늘의 별빛들을 맞는다

지난날
슬픔과 괴로움을 함께한 세월 속에
사랑의 감정을 소진하며 살아온 삶의 그림자

산바람으로 나를 부르는 달빛 메아리
별빛들로 사랑 한 줌, 인생 한 줌
새벽 종소리에 부딪혀 세상, 넋으로 흩어지고

어느덧 닫히면 그만인 의문의 문 앞에서
여름을 알리는 소쩍새 울음만이
내 가슴의 심금을 울려줄 뿐이라네

고성 전망대

신발을 고쳐 신고 옷깃을 여미며 바라보는 금강산
더는 가까이 갈 수 없는 것이 안타깝다

이쪽도 저쪽도
보이지 않는 삼팔선을 향한, 살기띤 매서운 눈초리

똑같은 세월을 마주 하면서
인간만이 이념으로 무장한 채 네 편 내 편을 가른다

사랑할 수 있어 좋았습니다

홀로 걷던 오솔길
그대와 둘이서 걸을 수 있음에
외롭지 않은 길이 되었습니다

그대와
세월을 섬섬히 엮어
우리만의 밀어에 탑을 쌓으며

내일도
편안한 길을 걸을 수 있다면
난 그것으로 행복할 수 있으려니

그렇게
어느덧 반백 년
당신을 사랑할 수 있어 좋았습니다

조비산의 전설

조비산, 앉은 자리
전설로 샘솟고
恨 많은 야생화 가득 피워낸다

그리움의 날개인 양
점점이 초원의 안개로 다가온 산 그림자
햇살로 스러지는 이슬을 닮아간다

북망산을 바라보는 정상은
갈바람 맞으며 뻐꾸기 먼 길 떠날 때
이별이 서러워 울며 날고

가을이면 누군가의 설움을
눈물 한가득, 그리움 한가득
기러기 기럭기럭 울며 기별하기도 한다네

한 권의 책과 한 편의 詩

한 권의 책 속에 담긴 이야기들은
수많은 세월을 건너온 지혜의 조각들이며
한 편의 시 속에 담긴 감정들은
순간과 영원을 노래하는 영혼의 울림이다

책은 여행처럼 우리를 먼 곳으로 데려가고
시인은 우리를 가슴 깊은 곳으로 인도 한다
책 속의 세계는 무한한 상상력의 바다이나
시 속의 언어는 영혼의 거울과 같다

한 권의 책과 한 편의 시 속에 담긴 삶의 진리
그 안에서 길을 찾고 마음의 평화를 얻을 때
책과 시가 함께하는 순간, 넓은 세상을 보며
그 속에서 꿈이 피어나는 것이라네

숲새의 작은 외길

감정의 바다에 시성 詩性이 파도친다
지금 나는 어떤 운명의 길을 걷고 있는가?
생이 슬플 땐 시인이 되기로 작정하며

상처 난 나무가 스스로 치유하는 것처럼
스스로 위로하고자 詩의 순례자로
아픔도 지워가고 싶어진다

흔적들로, 추억은 영원한 것처럼
층층이 쌓인 세상 때를 씻고자
詩 속으로 사라진 존재이고 싶은 거라네

노성산 말머리 바위

우중산행에 게으른 눈길로
산상을 바라보나 갈 길이 멀기만 하다
지나온 여정이 내 삶이었듯
저 산길도 가야 내 길일 것이다

정복의 상징인 산봉우리,
성공을 이루기 위한 인내와 감내
성실이란 길을 걷게 할 뿐이며
거짓과 가식으로의 지름길이 있을 수 없다

거친 들숨과 날숨에 살아있음을 느끼며
진실한 마음 하나로 노을진 삶을 베어문 채
오늘! 노성산 말머리 바위에 기대어
이 풍진 세상을 바라보리라

내일로 가는 세월의 기차

청년이라는 어제는
결코 부족한 시간이 아니었다
오늘은 생존을 위하여
가쁘게 달려야 하는 중년이며
노년의 내일은 그날들의 결과이며
그날들로 산같은 묵상默想으로
소망한 날이다

노년이란 인생의 이모작으로
어떤 이는 새 희망을,
어떤 이는 체념을 경작한다
내일로 가는 세월의 기차 속에 수많은 군상
당신의 일등석은 어디입니까?…

물빛 어린 기억 저편의 편린들이
창가를 스쳐 간다
인생의 소중함을
무심하게 지나친 저 세월
삶의 그림자는
그 세월을 서성이며
어떤 기억을 잊으려
애처로이 가상을 기웃거린다네

반추 反芻

구월의 기도로 채색된 시월
가을의 붉은 서정을 가슴으로 내린다

잠시 머문 열정의 여름은
회색빛 이별로 아쉬움의 흔적을 남기고

길목에서 때 지난 영화를 반추 反芻하며
대지의 영화를 꿈꾸지만

풀벌레 울음 멈춘 자리 낙엽 지고
꽂진 자리 서리꽃 피어나기를 침묵한다

여름은 마치 한 번 닫치면 그만인 문 앞에
서성이는 내 모습 같기만 하다

월영산의 여명

월영산 봉우리, 결 고운 아침 해는
억겁을 헤치고 온 빛으로
금강의 물길을 밝히는 여명 黎明 같고

속세를 흐르는 금강의 온유 溫柔함은
세상을 그리 살라 하는 듯
여명마저 윤슬로 세월의 바다를 향한다

세속의 이기로 가득한 부끄러운 민낯은
고통으로 금강에 흩뿌려져
단풍 물빛으로 동화되어 생을 흐르며

때로는 월영산을 휘돌아가는 금강은
지난 의미 없는 삶을 나무라시는 듯
구름으로 세월의 그림자를 남겨 간다네…

세월 간 자리 아픔은 남고…

가을 감성은
글 무당 되어
오색나비로 하늘을 날아
시린 가슴을 달래고

밤길 가로등은
무지갯빛으로 번지며
안개는
어떤 길목도 팔 벌려 막아선다

사색으로
아픈 언어를 버리며
누구도 알 수 없는 고독으로
내면을 숨긴 채

무언의 욕망을 버린지 오래이나
비운 가슴은 왠지
가을처럼 허전하고
공허하기만 하다

성찰 省察

저 멀리 볼 수 있는 혜안을 가졌다 한들
그대 천상을 바라볼 수는 있겠는가?

제아무리 능변을 구사한들
천상의 언어까지 능변할 수 있겠는가?

능히 이것만으로도 고개 숙여야 하거늘
감히 세상에 큰소리칠 일이 있겠는가?…

우주의 블랙홀

지구가 우주의 블랙홀에 빠지면…?

콩보다도 작아진다고 한다

그렇다면 인간의 모습은 얼마나 작아질까?

전자 현미경으로 볼 수는 있을까?

그 속에서 인간은 서로 잘났다고 싸운다

권력에 군림하고자 하는 위정자가 그렇다

유달산에서

내가 닮고서야 서러워지는 유달산이라
기상을 가슴으로 품고 눈가에 이슬로 맺는다

갯바람과 구름은 내 영혼을 휘감아
영혼의 고삐를 산상, 마당 바위에 옭매이고

뭇 영혼들로 한 가슴 사연을 안고서야
비로소 내 영혼도 푸른 하늘로 불타오른다네

하늘조차 태양 빛을 구름으로 감춘 채
조각구름은 위패 되어 은하수 하늘을 떠돈다

그렇게 유달산은 뭇 영혼들이 머물다 가기에
예부터 영달산 이라고도 한다네

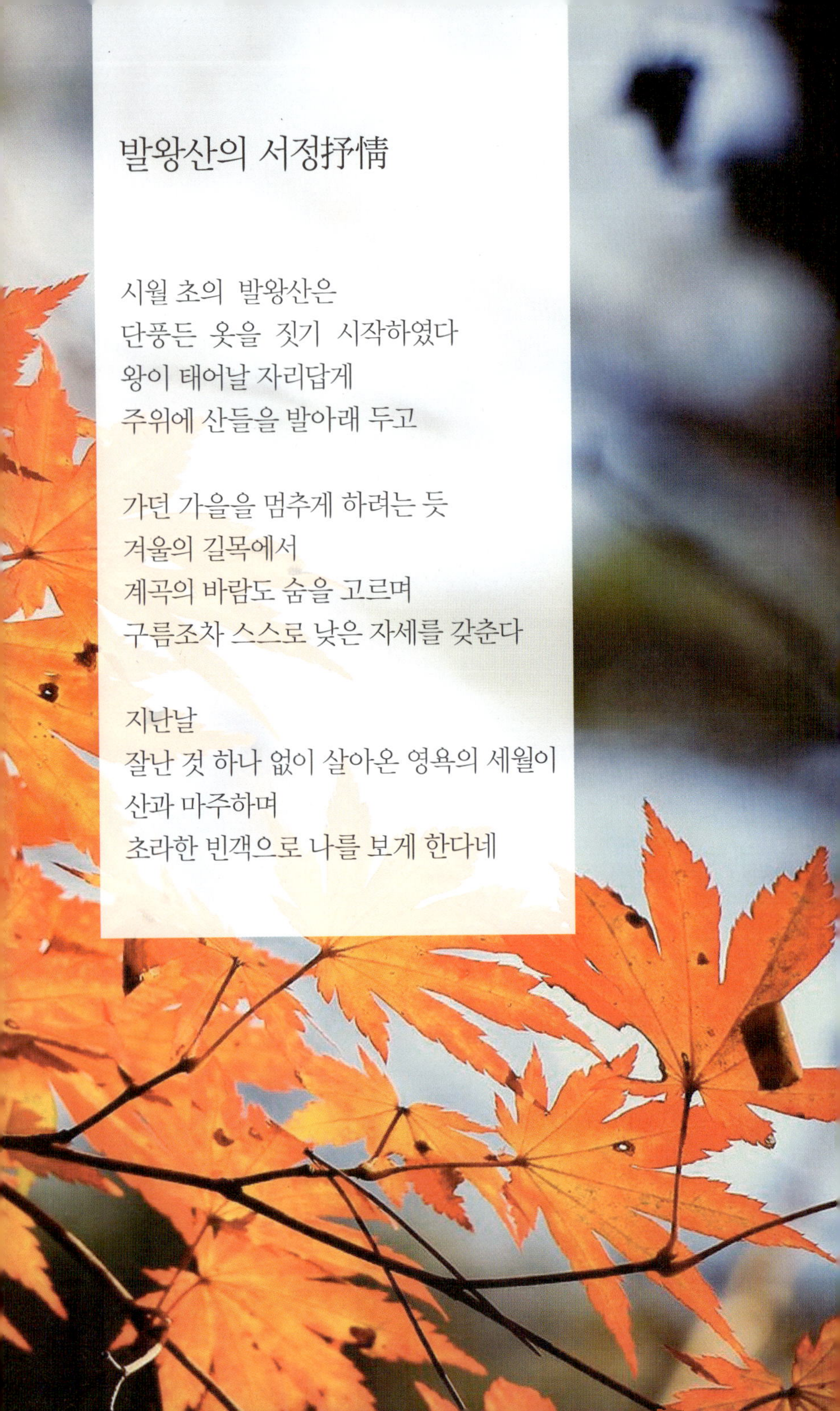

발왕산의 서정抒情

시월 초의 발왕산은
단풍든 옷을 짓기 시작하였다
왕이 태어날 자리답게
주위에 산들을 발아래 두고

가던 가을을 멈추게 하려는 듯
겨울의 길목에서
계곡의 바람도 숨을 고르며
구름조차 스스로 낮은 자세를 갖춘다

지난날
잘난 것 하나 없이 살아온 영욕의 세월이
산과 마주하며
초라한 빈객으로 나를 보게 한다네

자각몽

어제는 꿈 같은 삶이었지만

오늘은 처음 시작된 삶이다

그러나 내일은

그날들로 기도한 삶이라네

초로 初老의 가을밤

깊어가는 가을밤
고뇌의 비가 내리는 만야 滿夜
가슴은 사색으로 물들고
달빛은 굴절된 삶을 비춘다

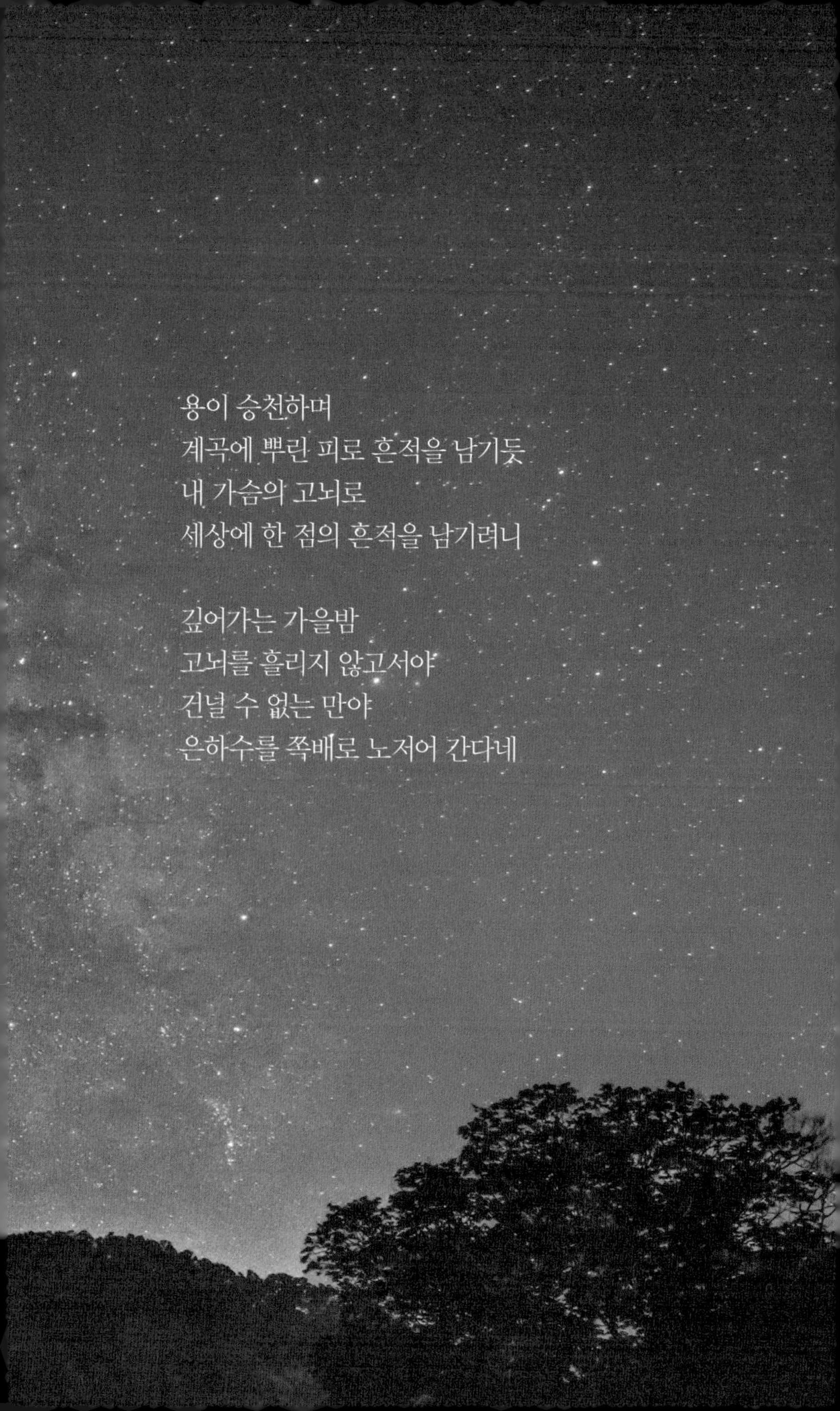

용이 승천하며
계곡에 뿌린 피로 흔적을 남기듯
내 가슴의 고뇌로
세상에 한 점의 흔적을 남기려니

깊어가는 가을밤
고뇌를 흘리지 않고서야
건널 수 없는 만아
은하수를 쪽배로 노저어 간다네

구병산의 연정 戀情

억겁의 세월 동안 연정의
유성 조각들로 쌓인 아홉 봉우리 구병산

슬픔으로 물들고
연정으로 가을꽃들을 피우고

그리운 눈빛으로
여백의 겨울을 보내며 봄날을 꿈꾸는 산

하늘 아래 태산으로
건들바람을 맞으며 무심을 읊조리다

동장군이 찾아들 때 구병산은
꿈꾸던 천 년의 무서리 꽃을 피워낸다네

(구병산은 암석들로 굴에서 새어 나오는 따뜻한 바람으로 늦가을 찬 바람과 마주
쳐 수증기가 되어 근처 나뭇가지마다 무서리 꽃을 피운다. 때로는 멀리서 연기로
꽃처럼 보인다고도 한다.)

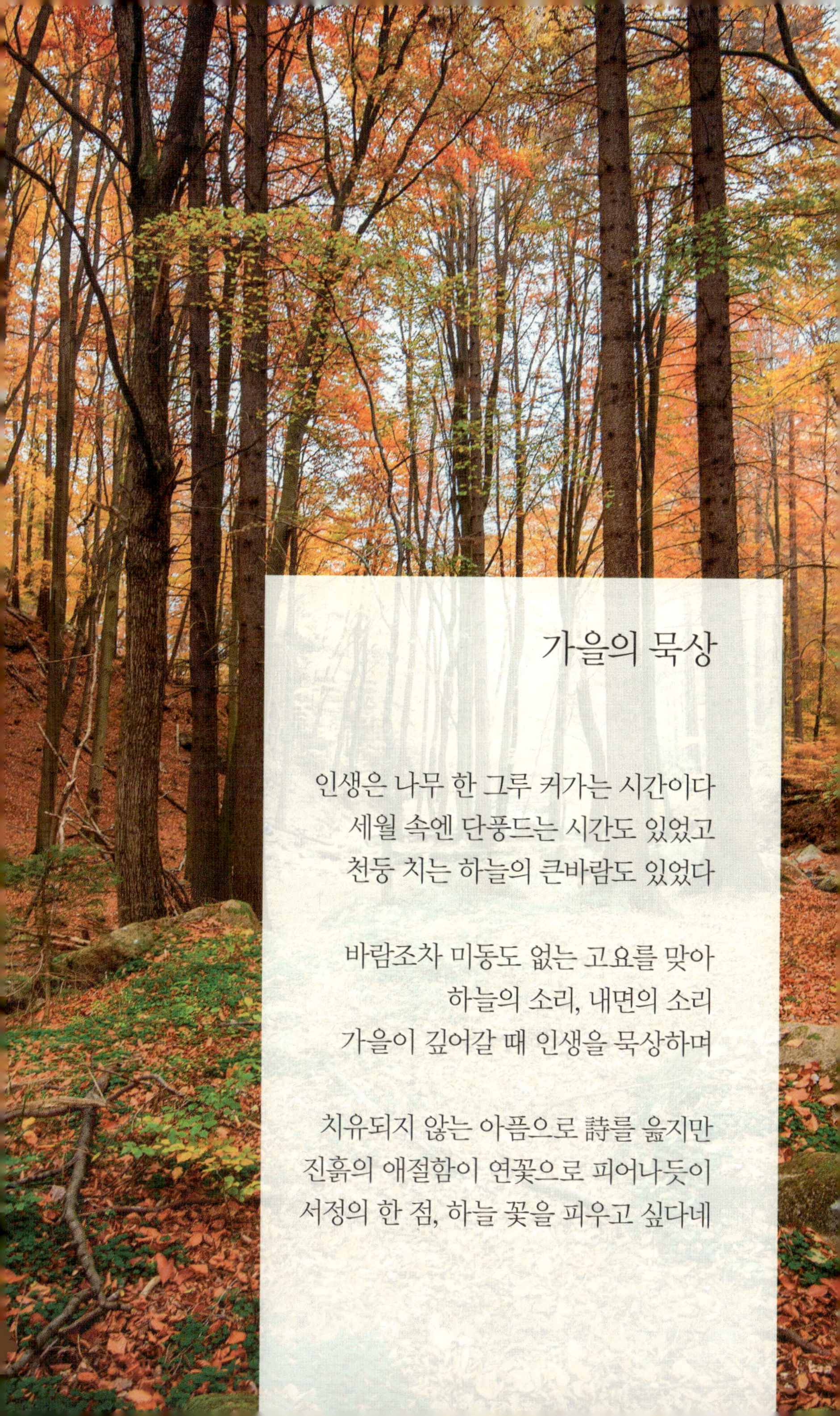
가을의 묵상

인생은 나무 한 그루 커가는 시간이다
세월 속엔 단풍드는 시간도 있었고
천둥 치는 하늘의 큰바람도 있었다

바람조차 미동도 없는 고요를 맞아
하늘의 소리, 내면의 소리
가을이 깊어갈 때 인생을 묵상하며

치유되지 않는 아픔으로 詩를 읊지만
진흙의 애절함이 연꽃으로 피어나듯이
서정의 한 점, 하늘 꽃을 피우고 싶다네

구봉도 낙조

파도는 갯바위를 부딪쳐 바람 따라가고
세파는 가슴을 부딪쳐
기억으로 흔적을 남긴 채 사라진다

때로는 상처가 되어
멈추고 싶어도 멈출 수 없는 운명 앞에
원망으로 세월을 지쳐가게도 하지만

눈길 따라 마음 가는 곳
수평선 끝에 달린 황금빛 불덩이,
어쩌면 내 가슴에 달린 미완성의 꿈만 같다

구름도 황금빛으로 물들고 가는 구봉도
아름다운 낙조는
아물지 않는 상처도 금빛으로 물들인다네

천상의 서정

음악은 내게 끝없는 마법의 길과 같다
걸어도 걸어도 지칠 줄 모르는 천상의 길
오감의 족쇄를 채우며 열린 귀로 순례가 시작된다

가슴은 두근거리고 이유 없는 눈물을 쏟으며
세상 밖으로 꺼낼 수 없는 나만의 사연들
거룩한 성체 性體를 지닌 채 아팠던 길을 지워간다

당신의 사랑을 하루하루 가슴으로 채운 지 반세기
어쩌면 그 시간을 비워야 할 때가 된 것인 양
세상 모두가 슬픔으로 다가오기도 한다네

세월의 강

세월의 강은 산을 넘을 수 없어
낮은 곳을 지향하며

수수께끼 같은 운명을 앞세우고
열두 계곡 굽이굽이 스쳐 지난다

무지갯빛을 깊은 곳에 담아
꿈을 키우며 세상 바다로 가지만

늘, 만 가지 우여곡절을 겪으며
세상 바다를 흐른다네

금수산의 사계

금수산은 하늘 강을 사이에 두고
봄이면 명주바람으로 할미꽃 피우고

봄이 떠난 길목에 큰 숲은
뻐꾸기, 노랑할미새 여름을 물고 온다

가을은 천둥 하나 바람 하나로
산하를 붉게 물들여 동면을 준비하지만

금수산은 순백의 이불로 억겁을 꿈꾸며
어제의 봄을 잊지 않는다네

하얀 그림자

긴 여운으로 남는 무색의 계절
메아리로 가슴을 맴도는 여운들로

추억의 보따리 속엔 찰나적 삶들로
지워져 가는 생의 흔적뿐이다

상상력은 환상과 현실을 넘나들며
진실을 찾아가는 여정으로

퇴색되어 가는 궂은 세상에서
나, 그리워할 그림자들이건만

영원한 사랑도 영원한 우정도,
세월 끝자락 하얀 그림자로 남는다오

70대 노인의 생각으로 계절은 칠십 대를 말한다.
하얀 그림자란 노인의 치매로 잊힌 기억을 말하였다.

설악산 그림자

내 마음 중심에 "로망"의 태산 그림자, 설악산
봉정암 새벽 인경 소리 신의 섭리를 깨우고
대청봉 아침 햇살은 생의 건너편을 바라보라 한다

영혼이 세상을 찾아올 때 기억을 두고 온 것처럼
바람은 가지 스쳐 갈 길목마다 삶을 매달아
세상 슬픔과 아팠던 과거를 설악에 묻고 가라 한다

눈가에 이슬 맺혀 가고 가슴도 이슬로 젖고
이리 간들 저리 간들 안개 낀 세상 길에
설악의 바람만 빈 가지를 자유롭게 스쳐 갈 뿐이다

내 영혼의 넋을 남겨두고 갈, 돌 하나 풀 포기 하나,
육체와 세상 뒤안길을 함께한 영혼은 생을 접어
본향으로 돌아갈 시간에 아쉬움도 없는 것 같다네

두타산의 전설

언제나 정상에 서면 나도 산이 된다
풀잎에 맺혀가는 아침 이슬처럼
눈에 맺힌 눈물방울 방울은 빛을 담는다

천 년의 전설을 빛으로 깨워갈 무렵
두타산은 세상을 떠받친 기둥이 되어가며
번뇌로 가득한 내 가슴은 산을 닮아간다

아! 나 이제 은발의 세월 속에
동녘의 빛으로 베틀봉 솔잎에 맺힌
영롱한 이슬 같은 잔영 殘影이고 싶어진다

가을밤

바람 한점 없는 가을이 고요하다
구름도 나처럼 세상을 느리게 흐르며

세상을 지나는 노객에 할 말이나 있는 것처럼
가을은 말없이 깊어만 간다

스스로
영속 永續에 꿈을 꾸다 잠들게 하는 가을밤

잃어버린 시절을 찾아 기억은 먼 시간으로 떠난다
오로지 서러움 하나를 채운 채로…

여행은 언제나 서리꽃 같다

삶은, 태양을 맞는 아침마다
오늘이란 여행길로 사립문 같은 마음 문을 나선다

돌고 도는 내 작은 세상의 하늘엔 작은 별이 뜨고
작은 구름도 흐르고 삶에 소소리바람도 분다

여행이란 삶의 자양분 같은 거라지만
때로는 두려운 발걸음으로 오만가지 이유를 따진다

그래도 먼 곳에 눈길을 두고 떠난다는 것은
가슴이 뜨거워지기 때문이며

시린 물빛 같은 눈물이
서리꽃으로 피어나는 것을 보기 위한 그리움인 것 같다

내게 음악은 달빛이다

음악은 내 마음이 어두울 때 그곳을 비추는 달빛이다
내 영혼이 광야를 헤맬 때 풀잎 그늘에 숨어든 내 작은 고독
한낮의 꿈은 사라지고 그 자리엔 노을빛만 감돈다
가을이 가기 전 드러낼 수 없는 감정으로 가득한
풀벌레 소리
어둠의 그림자 속에서 제 짝을 부르다 제풀에 스러져 간다
그렇게 지쳐가는 시간 속에 동요의 눈빛으로 별빛을 닮아갈
무렵,
음악의 선율은 달빛으로 어둡던 그곳을 밝혀 온다
긴 밤을 지새우며 이슬 같은 한 줄의 서정을 쓰기 위한
낯선 생각이 내 안으로 찾아드는 순간,
내면은 마치 고독이란 주인장이 고요히 방문을 열어 준다
만야! 천 년의 고독이 잠든 세상,
내 영혼을 깨우는 시간이다
그리고 먼 산을 바라보며
목이 꺾인 사슴의 눈을 닮아 간다

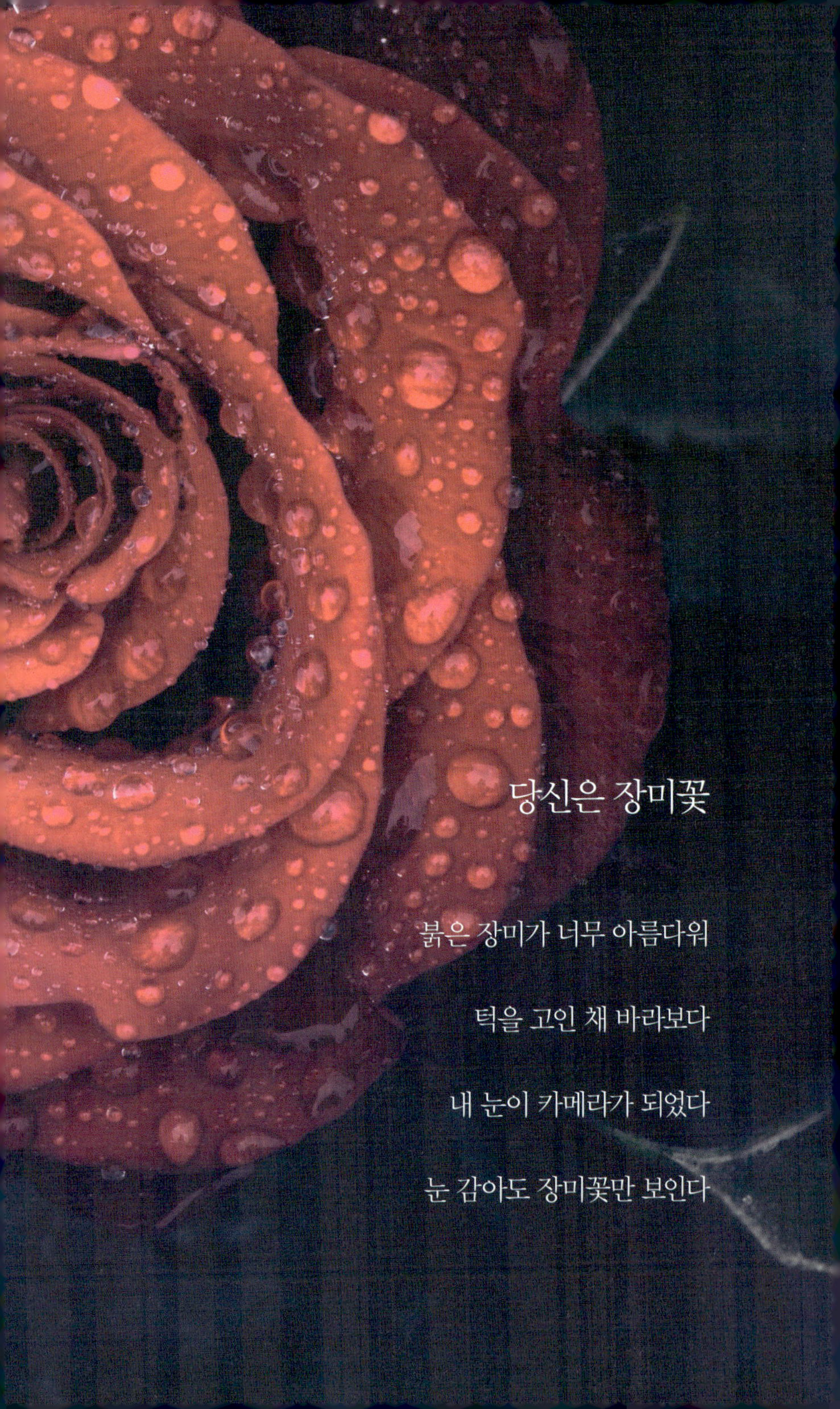

당신은 장미꽃

붉은 장미가 너무 아름다워

턱을 고인 채 바라보다

내 눈이 카메라가 되었다

눈 감아도 장미꽃만 보인다

라일락

고요한 향기를 지닌 채
나비처럼 다녀가신 당신의 발걸음은
왠지 쓸쓸한 흔적을 남깁니다

당신이 다녀간 뒤에야
가슴으로 전해지는 고요한 향기
흔적을 따라 뛰어간들
언제나 당신은 보이지 않습니다

내려놓을 수 없는 사연을
가슴으로 품은 채
천 리를 지나온 당신 표정은
옅은 슬픔마저 감추려 하지만

세월은 쓸쓸한 그림자 스치며
바람조차 당신을 외면한 채
어디론가 울며 달려가는 것 같습니다

두륜산 천국의 계단

두륜산을 낮게 넘는 둥근 달
나뭇가지마다 내 마음처럼 조각난 채 걸려있다

밤에 빛나는 별들처럼
많은 시간을 보낸 세월 가지에 걸린 시구 詩句들

詩는 상상의 언어이며 자신과의 밀어다
돌아보는 글들이 지친 마음을 씻어 주기도 하지만

더는 갈 수 없는 생의 길목에서
감당키 어려운 삶의 무게가 느껴질 무렵

해남 두륜산 정상으로 오르는 천국의 계단 끝이
내 거처인 것처럼 보인다

내 영혼 나비 같은 몸짓으로 생의 유희 나빌레라
저 높은 두륜산 천국의 계단 끝을 끝없이 맴돌아 간다네

붉은 능소화

하늘을 우러러
끝없는 기다림을 피워내는 능소화
붉은빛을 보는 이 가슴도 아리다

사랑은 봄에 피는 꽃처럼 다가오나
그리움은
여름의 붉은 능소화로 가슴을 태운다

세월조차 끝 모를 절개를 간직한 채
낙화하는 능소화
만인의 흠모하는 불멸의 詩가 된 채

바람도 울다 지친 능소화 진자리
저 멀리 붉은빛의
노을도 한 걸음 두 걸음 머물다 간다네

명성산

이른 아침 명성산은 구름이 내려 나즈막하게 보이고
잠에서 덜 깬 장닭 울음이 구름 속을 헤맨다

하늘만 보이는 산봉우리엔 아내와 붉은 해를 맞으며
구름 위 기러기 행렬이 남쪽으로 줄을 잇는다

마치 안개 같은 세상을 고요한 천상과의 이음줄처럼
나와 아내를 영원한 천상으로 안내하는 것 같고

세상 번뇌를 씻기려 햇살은 가슴을 비추며
구름에 실린 나와 아내는 무아의 천상을 걷는 것 같다

지리산 천왕봉

대지의 어머니, 지리산
키가 큰 지리산은 세상의 숲을 키우는 듯
천왕봉에 선, 내 가슴도 감동으로 부푼다

지리산 바위틈에 끝없이 흐르는 샘물은
세상 발원지처럼 하늘을 향하여 솟는 중이며
팽나무 가지 끝에 달린 꾀꼬리 둥지는
내 생애 마지막 삶의 끝에 달린 고치 같다

소쩍새 밤마다 우는 소리, 산사의 인경 소리
고요를 가르는 스님 독경 소리는 하늘을 깨우며
천지 삼라만상을 완성하는 듯 여명도 밝아온다

고희 古稀

세월이

일흔 해가

지난 뒤에야

내 인생이

詩가 되었다

비로소

이제야

생을 달군다

시인의 일기

나그네 시인은
햇살이 따뜻한 양지에 무지개 홀씨를 흩뿌리며
세상을 지나지만

세상 사람들은
홀씨에 감성의 싹을 틔우며 보라빛 푸른빛 그리고
때론 흐린 눈의 안개꽃을 피운다

시인도 슬픈 날을 지날 땐 들꽃 하나에 눈물 흘리며
세상에서의 인연들로
서러움의 가슴으로 세상을 바라본다네

통곡으로 저승 간 혼백 魂魄을 부른다

태곳적부터 탯줄을 타고 온 본능으로
바다를 향하여 통곡하여 보았는가?
바람이 흔들리고 잔물결이 떨리는 통곡의 소리
혼돈의 세상을 써레질한다

회색빛 세상으로 꺼이꺼이 토해내는 한恨 서림은
암울함을 덧칠하며 적폐를 탁본한다
마키아벨리처럼
너도 옳고 나도 옳다, 다만 다를 뿐이라지만

위정자들의 이악스런 위선의 모습들
여보시게 민초들, 붉은 띠 동여매고 어디들 가시는가?
아! 핏발 선 울분으로 저승 간 혼백을 부른다
적폐 속에 통한의 세월이여

전쟁 그리고 생명

제목을 알 수 없는 음악이 가슴을 울릴 때
전장에서 허공을 떠도는 어느 영혼의
아픈 사연을 듣는 것 같다
떠도는 영혼이 미처 전하지 못한 사연

전사한 아들이 생각나 부상병을 안고
하염없이 눈물을 흘리는 부성애, 그리고 모성애
하나밖에 없는 생명은 적군도 아군도 똑같다

저승에서 그들이 만났을 때 과연 그들 사이에
이념은 존재할까?
난 반전주의자는 아니지만, 전쟁은 왜 있어야 하는지
끝없는 의문만 존재한다

두 팔 두 다리를 잃고 갈 곳 없는 전우와 함께
귀향한다는 아들
부모는 안됐지만 너만 오너라 했을 때
아들은 그만 목숨을 끊고 만다

사실은 부모의 진심을 알고 싶었기에
자신의 부상을 전우로 말했던 것을
부모는 뒤늦게 그 사실을 알고서야 오열한다

첫눈 내리는 밤

바람도 잔잔한 고요한 밤
눈 내리는 소리가 아기 숨소리 같다

귀마개 너머 들리는 세상 소리
가슴 무너지는 소리, 눈 부릅뜬 모습

순백을 검게 물들일 뿐
한 길 없이 제 갈 길 소리로 소란하다

불만의 소리로 가득찬 세상
아기 숨소리가
불면의 잠을 재운다네

가을 연가

가을은 드립 커피의 필터처럼
내 마음에 슬픔만을 내린 채
세상 무게로 가슴이 내려앉는다

고뇌로 낙엽처럼 심연에 쌓여
서러움으로 멍든 가슴은 낙엽처럼
세월 가지에 달린 채

세상 인연의 끈으로
가을이면 단풍처럼
그리움으로 가슴을 물들여 간다네…

사랑의 방정식(方程式)

종희네 할머니 할아버지는 마주할 때마다
늘 티격태격하신다
전생에 필연 웬수지간이었던 게다
할머니 말씀 끝마다
저놈의 웬수 어이구 내 팔자야 하시니 말이다

그러다 어느 날부터

표정이 어두운 할머니만 보이고 할아버지는 보이지 않는다
집안이 조용한 이유가 할아버지가 편찮으시단다
그러다 열흘쯤 지난 어느날 할아버지가 돌아가셨다

그 후로 할머니는 말을 잃으신 듯

누구와도 말씀을 나누시는 모습을 본 적이 없었다
단지, 앓던 화장에 빛깔 고운 한복 차림으로
어디론가 외출을 자주 하신다
그때마다 할머니는 할아버지 산소를 찾으셨던 것이다

할머니는 사실 고운 한복 차림에 곱게 화장한 모습을
할아버지에게 늘 보여주고 싶으셨던 것이다
그리고 이제야 보여 주시는 것이다

할아버지가 안 계셔 편할 줄 알았던 삶이었다
그러나 할머니는 점점 기력마저 잃어가시는 듯
티격태격하시던 모습이
두 분 만의 사랑하는 방식이었던 것이다

그러다 얼마후
할머니도 시름시름 앓으시다 돌아가셨다
두 분이 그렇게 좋아하셨던 것을
두 분의 흔적 위에서
나는 사랑의 방정식(方程式)을 깨달아 간다네

작은 기도

작은 등불 하나 불 밝힌 기도처에
초라한 젊은 새댁과 사내아이의 웅크린 모습
작은 어깨를 들먹이며 기도하는 엄마의 두 손에
아이의 고사리 같은 작은 손이 들려있다
불의의 사고로 가장을 잃은 두 모자의
힘겨운 세상을 기도하는 가냘픈 소리
남편의 그리움과 아이의 삶을 기도한다
차가운 달빛 아래 이슬조차 차가운 새벽
임이시여 저들의 작은 기도를 들어 주소서
저들의 기도에 영원함을
그들의 기도에 소망을 얹어 기도하나이다

석별 惜別의 정

숨 고르며 두고 온 시간들
그 적멸 寂滅의 아득한 세계로부터
슬픔이 밀려온다

세상 인연으로 잡았던 손길이
어느 날 사라진 공허함 속에
윤회의 환영이 보인다

너도 가고 나도 가고 무시 無時에 떠나는
세상 인연의 석별의 정이
먼 하늘 점 하나로 사라진다

못다 한 시간

당신이 밉기는 하지만 당신이 아픈 건 싫다

회복될 가능성이 없다고는 하지만

내겐 당신을 미워할 시간조차 지나지 않았다

미처 사랑할 수 있는 못다 한 시간을 지우지는 말자

미운 사람아, 아프지 말라 정말 미워하게 하지 마라

배낭여행

알 수 없는 목적지를 두고 낯선 길을 걸으며
낯선 이들과 스치며 무의미한 눈길을 마주친다
옷깃을 스치는 인연이라지만 누가 마음도 스쳐 가랴

한 번 보는 것으로 사라지는 무성영화처럼
그것이 사랑인들 우정인들 저 멀리 가버린
한낮 세월의 뒤안길 이야기들이리라

낯선 이국땅에서 이방인의 첫날은 그렇다
고요히 흐르는 적막이 두려워지기 시작하는 밤
어둠만이 고독을 뿌리며 깊어만 갈 뿐이다

달빛 내리는 밤의 시객

차가운 달빛 내리는 밤이 깊어갈수록
가슴에 두 개의 시간이 흐르는 서정은
고독의 무게로 슬픔의 심해 속으로 침몰되어간다

소싯적 최선의 대가로 얻어진
행복의 정점에서
추억의 시간이 흐르며
나머지 생애는
순례의 여정처럼
소리 없이 다가온다

詩의 나라에
과거를 남기며
나머지 삶의 여정을
조용히 써가고 싶은
나의 서정들
가식보다는 나를 드러내는
진솔함을 써가고 싶다

여행지에서 만난 사람들

여행 속 추억들이
찻잔 속에 따뜻한 향기처럼
향기로운 세월로 기억에 남는다

쓸쓸함이 묻어나는 겨울밤이 찾아들 때
스쳐간 그들과의 소중한 시간 속에
행운을 비는 그들의 인사가 그립다

오드리 헵번이 앉았던 로마의 계단에
파란 눈의 할머니 할아버지 손잡은 모습
카메라 앵글 속에 미소가 아름답다

스위스 슈퍼마켓 푸줏간 아저씨의 큰 소리
서툰 한국어로 삼겹살 있어요
돌아보는 나와 눈 마주치며 손 흔든다

아름다운 풍경이 기억에 남지만
처음 보는 사람들과의 따뜻한 미소는
가슴에 그리움으로 남는다

그리움 머문 세월

고독한 시간의 여행자는 달빛에 의지한 채
시간이 남긴 외로움에 지쳐갈 때
노을을 걷어간 당신의 별빛 그림자를 맞이한다

이따금 밤하늘을 가로지르는 유성은
어느 날 매몰된 사랑처럼
허무의 흔적을 남긴 채 또 다른 세월로 사라진다

하루가 백년의 여명인 것처럼 달콤했던 젊은 시절
추억의 그림자로 별빛 자락에 달린 채
푸른빛은 슬픔으로 덧없는 세월을 지날 뿐이다

나 어릴 적 추억

주머니에 넣어 두었던 일 원짜리 동전 하나
이리저리 휘저어 찾아도 속에 잡히지 않는다

불길한 예감으로
주머니 속이 망망대해처럼 넓은 순간

믿고 싶지 않은 헐렁한 구멍 하나
손가락 두 개가 함정처럼 빠진다

사라진 고사리 주먹만한 눈깔사탕 하나에
무너진 동심이 소리없는 눈물로 젖는다

1950년대 물가가 그랬다

새벽 기도

오늘도

햇빛 한 조각 떼어내

어두운 마음에 달아

양심에 불 밝히나이다

임이시여,

발길을 인도하사

양심의 불로

갈길 비추게 하소서…

벚꽃 연가

하늘을 흐르는 꽃 구름이
벚나무에 달려 벚꽃이 되었다

봄의 전령사로 봄을 노래하다
저 살던 하늘로 오르기 겨워

명주바람을 불러
살풀인 양 꽃 비로 봄을 춤춘다

그러다 지쳐
대지 위에 분신의 수를 놓는다네

개밥바라기^{샛별}

출렁이는 파도처럼
슬픈 감성이 나그네 가슴으로 밀려올 때
나그네는 외로운 바위 섬 별빛 지기가 되어간다

밤이면 별빛들의 시어를 서 말의 구슬로 꿰어
반달 허리에 매어 놓으며
나그네 설움으로 밤새 은하수 그네를 타다 지친다

그렇게 서러운 나그네 모습으로
밤하늘 가득 채워가다 샛별로 나를 지우는 동안
여명은 사랑하는 사람의 모습으로 밝아 온다

고요히 흐르는 새벽 공기로 뺨을 스치며
허상의 기억을 지운 자리에 사랑의 조합으로
가슴을 채우는 아침이 그래서 나는 좋다네

영취산 진달래

천 년을 묵음 默吟으로 세월을 삭히는
청산의 바위에 그대 이름 내 이름 새기리라

영취산 진달래 꽃잎에 맺힌 아침 이슬은
어둠의 강을 건너온 억겁 億劫의 메세지

이슬 같은 그대 맑은 모습을 진달래 꽃잎에 달아
바람으로 그대 날 찾아들 때

내 슬픔을 토한 빛깔로 나 이제 돌아가리
꽃잎 지는 그곳으로 나, 돌아가리라

구담봉, 청풍호

수천 길 절벽 아래 협곡(峽谷)을 흐르는 강물은
검푸름이 세상을 비추고
아름다움이 슬픔으로 가슴까지 흐른다

강은 세세연년 바다로 향하나
초라한 나그네 발길은 세상 끝을 모른 채 오늘을 지나치고
변함없는 강산에 내 모습만 세상을 닮아갈 뿐이다

어제는 구름에 가려 돌아서야 했던 구담봉
오늘에야 노을 담은 청풍호의 아름다움을 마음에 둔 채
또다시 세상을 향한 발길은 구담봉 아홉 구비를 넘는다네

수덕사의 만종(晩鐘)

무명초를 사르는 삭발
파르르 파르라니 머리카락 잘려나간 세속의 인연들
여승의 고뇌들로 사바세계에 흩어지는 무명초

동남 서북
일 배씩을 올리며 세속의 인연을 스스로 종료한다
해탈을 깨달아 얻기 위한 수행 정진으로서

저곳이 내 자리인 듯 스스로 낮은 자리를 찾아가야 하는 길
세속에서 나를 키웠던 것들을 버리며 나를 얻는 깨달음의
물을 채운 사발엔 산사의 그림자로 드리운다

수덕사의 새벽 종소리로 내 마음이 열릴 때
산사의 이슬로 영혼마저 적시지만
내 영혼 깊은 곳엔 은혜의 만종(晩鐘)이 울리는 저녁이로세

바람의 섬

바람 따라 찾아가는 섬 추자도
섬 그림자는 윤슬로 뱃전에 잔잔히 부서진다

난파한 내 마음을 바람이 허락한 섬
바람 소리 벗 삼아 걸어야 하는 길

시간이 멈춘 채
바람이 하늘 문을 열어 세상 끝을 보인다

세월 지난 어느 날
불현듯 바람이 그때를 잊지 않아 날 부를 때

나 또한 거기 멈추어
누군가를 백 년의 기다림으로 서 있어 보리라

안개 낀 황산

우물 안 개구리 같은 세상 너겁이
가슴을 키우고 싶어 그토록 오고 싶었다
옹졸함으로 가득찬 내 가슴에
구름 한 점 담아 오고 싶었다

깊은 협곡마다 웅비하려는 구름 바다 위엔
태양빛이 구름을 가르고
파도처럼 일렁이는 구름을 가르는 바람은
내 가슴안에 옹졸함을 쓸고가며
서러운 눈물까지 씻어간다

임이시여,
나 자신도 알 수 없는 기도로 내가 지쳐 가나이다
이길수 없는 생각들은
아름다운 절경에 홀려 무아지경에 이르지만

임이시여,
눈물로 내 눈을 가리지는 마소서
내가 임을 마주하며
바람에 실려오는 임에 말씀을 내가 듣나이다

초록빛 그리움

초록빛에 문득 그리움 눈뜰 때

그대 그리움이 풀잎에 달린 이슬처럼
내 가슴에 맺는다

동틀 때, 눈부신 햇살에 내 가슴은
그대 그리움에 기도로 눈 감으며

오늘 나 당신 그리움의 백치 白痴되어
저 초록빛 하늘을 헤맬 거라네

정동심곡 바다부채길

구름 사이로 부챗살 같은 햇살이
파도에 의해 승무僧舞 장삼 자락처럼 펄럭인다

한 그릇 바닷물 같은 삶을 살면서
지름길을 걸어온 듯 아쉬움은

고도 孤島에서 바다를 닮고자 수평선 너머를 동경하지만
거품을 머리에 인 파도만이 내 마음을 적신다

그토록 한 자락 그리움 안은 채 세월을 걷고는 있지만
때론 깊이를 알 수 없는 늪속에서

아름다웠던 시절을 헤메이며
끝없이 밀려오는 파도만이 홀로 나만의 슬픔을 키운다

시를 사랑하며

신이 주신 음원의 감미로움은
내 안을 살피며 본성을 잃지 않게 한다
스스로 나를 찾아가는 위로이며
내 안에 평안을 찾아가는 성지 聖地다

감성을 자극하는 음악은
가슴 깊은 곳에서 서정적인 시를 읊조리다
냇물 같은 그리움을 흐르게 하며
빗물 같은 슬픔을 삼키게 하는 발원지다

오늘 밤도 그 음악에 젖어
울음을 잔뜩 머금은 아이처럼
엄마를 그리워하는 작은 아이가 되어가며
서정의 날개로 순수한 시의 세계를 난다

애증(愛憎)의 절규

매미의 울음은

어두운 세상을 인고의 세월로
천 년을 기다렸던 사랑의 윤회輪廻다

짧은 생을 마감했던 한스러운
사랑의 윤회다

지금도 저렇게 제 귀를 닫은 채 울고 있음이
닥쳐올 찬바람이 두려워서가 아니라

그때의 마지막 애증의 절규였음을
기억하기 때문이다

매미는 자기가 울을 때 청각스위치를 닫아서 듣지 못한다고 한다

스위스 마테호른

마지막 로망일지 모를 이곳에
한지 韓紙 같은 내 마음에 山 사랑을 곱게 접어
마테호른 전에 넋으로 바치리라

저 높은 곳에 날개 없는 가난한 영혼을 세울 때
감동으로 눈물주머니를 바닥나게 하는 산
영혼을 위로하는 감동은 차라리 달콤하기만 하였다

임과의 대면은 높이와 상관없이 감동이었던 산들
뺨을 스치는 바람조차 임의 손길처럼 은혜로웠다
세상을 사랑의 눈으로 마주하게 하는 영원한 은혜로세…

소금산에서

생애 그리움 다하는 날
소금기 가득한 눈물로 자신을 적시며
수많은 시간을 밟고온
인생의 동아줄을 갈무리할 내 시간이 다가온다

다시 만나고 싶은 그 세월
아끼려 해도 아낄 것도 없는 나머지 세월
오직 따뜻한 사랑에 마음을 못다 준 것이 아쉽다
세상 못다 간 발길도 아쉽다

하나 지우고 또 하나를 지우며
마지막 하나를 남기며 마음을 다한다지만
당신에게 못다 준 마음들의 아쉬움은
저 세상에서도 고통은 사라지지 않을 것 같다네

설악의 단풍

설악은 불타는 단풍으로
백팔 번뇌를 기꺼이 태우라 하거늘

마음속은
비워지지 않는 세상 욕심만 가득 찬 채로

살아생전 고희 古稀를 지난 해가
부끄러워 서산으로 숨는다

사량도에서의 하룻밤

새벽 영 시
감정의 바다에서 건너온 사랑의 메세지
가슴에 맺힌 채 잠을 설치게 한다

사춘기 시절 외로움에 몸을 떨며
삶과 죽음의 그늘에서 서성이던 기억들은
망각의 세계로 넘는 그림자도 보이지 않는다

아! 내 사랑

이젠 삶의 끝자락에서 언젠간 내가 죽어
흙으로 돌아간 그 자리에
흰 백합으로 피어나 세상을 서성이며

당신을 사랑했던 기억들로 향기가 되어
영원함을 기리리라
당신을 사랑했다고 당신을 사랑 했노라고…

천마산

말 없는 청산은 내게
늘
빈 가슴으로 찾아오라 한다

하늘을 닮은 듯
천마산은
비바람 지난 꽃길이 있고
번개 맞은 나무가 보인다

내 삶도
눈물로 보낸 세월이 있었고
개미처럼 먹이를 찾아
헤매던 젊음이 있었다

터벅터벅 나그네 발걸음은
천마산 정상에서
인간의 허울을 벗어 버린채
유니콘 되어 구름 찬 하늘을 난다

보라빛 인연들

봄바람처럼 스처간 인연들이
마지막 사르는 불꽃처럼 아름다움으로
세월속 보라빛으로 투영된다

사랑했던 사람들이
세월속에 그렁그렁 생각나는 것들이
지평선 아지랑이처럼 아스라이 피어오르고

그들이 흘린 마음들을 감성의 주머니에 담아
세월의 뒤안길을 지나며 하나씩 꺼낼때
그리움에 지쳐 울고 만다네

무지개 이름들

저쪽 햇살이 궁금하여 찾아가는 여행지
늘 여행지에서 보이는 내 가족들

비 온 흔적이 무지개로 홀로 남는다
내 마음이 담긴 나의 글이

사랑하는 가족들에게 찾아갈 때
그들의 이름은 빨주노초파남보 무지개라네

명상으로 듣는 음악

서정적인 음악으로 가슴이 시려올 때
고독은 달빛처럼
슬픔과 손잡고 초라한 내면의 문을 두드린다

그곳은 나만의 도피처
서툰 사랑의 밀어를 나누며
고독할 땐 고독을 일구며 슬픔도 키운다

인생을 토해내는 그곳
오늘도 삐걱거리며 열리는 그곳에서
명상은 그림자에 가려져 있는 내 손을 잡는다

망각의 세월을 향하여

기억하는 그날들의 마지막 날
그날처럼 찬 바람 드는 길 위에 서성이며
사라지지 않는 진실로 그때 그 순수의 사랑을 소환한다

연꽃이 진흙의 본심인 것처럼
세상 탁류 속에서 보였던 당신의 진심들은
들꽃처럼 아름다웠다

때론 당신의 고백에 내 가슴의 눈물이 녹아 흐르며
그 속삭임들을 가슴에 안은 채 갈 길 줄어드는 세월 속에서
당신의 그리움은 하늘만 해지거늘

죽기로 당신을 사랑했던 날들 속에 어떤 아쉬움을 후회하며
그 모습들을 향하여 아쉬운 손짓으로 이별을 고하지만
미루어 그 세월에 아니 가는 것 또 있던가

가을밤에 마지막 순백의 언어를 띄우며
별빛과 눈물로 빛나는 윤슬에 못 잊을 그리움 한 잔으로
망각의 세월을 향하여 애써 흩뿌려보리다

들꽃의 향기는 깊다

낙엽 지는 오솔길에 세월만 무심히 흐르는 어느 날
붉디붉은 저녁노을 서산 질 무렵
내 마음 비켜 돌아본 들꽃은 눈부시도록 아름다웠다

나비의 작은 날갯짓 바람에 여린 풀잎이 흔들리듯
내 마음은 작은 파문이 일고
어두운 밤의 깊이만큼이나 들꽃의 향기가 깊어만 간다

가슴 깊이 흐르는 슬픔의 강은 향기에 젖은 꽃잎이 흩날리
며
여인의 눈물이 진주 같은 슬픔을 남기나
내 눈물은 꽃잎 끝에 달린 이슬로 영원함으로 맺혀가리라

내 안에 자폐

한낮의 소란함이 어둠과 고요함으로
늪 속에 스며들 무렵, 고요한 나만의 세상 속으로
영민함이 나비 한 마리로 날아든다

어쩌면
다른 삶을 살아온 듯 내 삶이 아닌 것 같기에
떨리는 손끝은 늘 세상에 주홍 글씨로 흐린다

어떤 잘못을 저지른 아이처럼
선생님 앞에 우물쭈물 서 있는 모습으로
작은 발걸음은 뒷골목을 서성이며 고개만 내민 채
세상을 엿본다

세상의 날카로움으로 상처 입은 외기러기
저 하늘 끝으로 날아
내 마음속 꽃밭에 바람으로 날아들며 내 안을 헤맨다

내 마음속 들녘이 고향이라 들꽃이 필 때
비로소 내 삶이 선잠에서 깨어난다

詩는 나의 곡비

詩는

아무도 마주하지 않은채

하늘을 향하여 가슴속 서러움을

핏빛으로 토하는 나의 곡비 哭婢다

석성산

까마귀도 제 깃털을 흘리고 넘는 고개
바람조차 잠든 밤은
풀잎에 이슬 맺는 소리조차 정적을 깨운다

새벽 낙엽 밟는 소리 풀벌레 잠을 깨우며
호랑이 꽃잎 아래 잠자던 잠자리
비상을 위해 젖은 날개 파르르 떤다

새벽닭의 목멘 울음으로
먹물이 푸르름으로 바뀌는 기적이 일 때
빛은 세상을 깨우며 숲 속을 푸른 비단으로 수놓고

작은 가슴에 못다 채울 세상 이야기는
숲 속의 순수함으로 내 작은 가슴을 채우며
가슴에 쌓인 세상 이슬로 하염없이 눈물 젖는다네

내 기도는 바람이려니

내 기도는 숨어서 부는 작은 바람이려니
손을 들어 허공을 헤집은들
손가락 사이로 제 갈 길 가는 바람이리라

내 삶의 끝자락에서 임은 내 마지막 사랑이시니
내 가슴에 임하시어 내 심장의 노래를 들어 주소서

내가 임을 알기를 천 년이 지난들 어제 같을 것을
내일도 난 임을 찾겠나이다

산상의 바람은 볼 수 없으나
얼굴을 스치는 바람은 임의 손길인 것을
난 느낄 수 있으니

임이시여
내 가슴이 떨리고 온몸이 떨리나이다

임이시여
산상에서 올리는 내 기도를 기꺼이 들어 주소서
내 아이들을 위하여 기도하나이다

훗날 그들의 머리위에 금 면류관이 씌워지기를
내 진정 소원하나이다

대관령

내 영혼을 친구 삼아 걷는 길
그리움 하나 하늘에 띄워
내 동무에게 전할 수 있는 곳 대관령

흰 구름 머리 위에 흐르고
그리움도 흐르고
바람따라 내 마음도 흐른다

내 고향 뒷동산
능선따라 뛰노는 내 동무들
왁지지껄 떠드는 소리 들릴 듯

세월 지나서야 들리는 것은
바람에 마른 가지 흔들리는 소리
눈물에 보이는 것은 신기루뿐이다

찬바람만이 나처럼 그리움에 울다가
그때 그 나뭇가지에
고드름으로 그리움을 달았다

호명산

산이 내게 이르러
네가 내 안에 들었느냐?

해발 632.4m
꾸불 꾸불 십 리를 올라 호수를 돌고

주봉을 오르고 또 오르다 내려
호수를 돌고 돌다 십 리를 하산한다

호명산이 내게 이르러 내가
네 안에 들었구나!

양구두미재^{태기산}

하늘 구름이 어두운 밤
계곡 사이로 내려
산 너머 아침 해 그림자에
구름바다가 되었다

등 굽은 양구두미재
태기산은
한 되짜리 삶에 덤으로 올려진
내 생명을 닮았다

옛 선비가 한양 가던
양구두미재
청운의 꿈을 안고 한양 갔던
선비가 빈 가슴으로 돌아오며

저 구름바다 모습은
무슨 상념에 젖게 하였을까?
행여 솜 같은
구름 속에
영원한 잠을 청하고 싶지는 않았을는지

양구두미재만이 알 일이다
그러나 뒤돌아 보는
양구두미재 엎드린 모습은
순결한 아낙이 숨죽여 울고 있다

별이 지는 들녘에서

심연 속에 그리움을 채우며
깊어가는 가을밤
별 하나가 마음 자락을 잡는다

그 옛날 밤마다 찾아와
내 안을 가득 채우던 꿈들
아침 되면 비 맞은 강아지 모습으로
풀죽어 떠나던 나날들

세월 지나도 변하지 않은 그때
그 별만이 지금도 날 위로한다
별들이 쏟아지는 밤이면
어떤 날을 기억하며 잠들지 못해
하얀 낙서로 지새는 밤을…

행복이여
이젠 가슴을 두드린 채 돌아서지는 말아주오
지금은 아내와 저 별을 헤이고 있으니
아내와 사랑의 꿈이 농익는 중이다
별 하나 나 하나 별 둘 나 둘

시간의 마부여 고삐를 당겨라
내 영혼의 마부여 좀 더 천천히 천천히 가자

마리

기욤 아폴리네르의
가슴 깊은 축축한 곳에서
진홍빛 선혈로 토한 슬픈 언어가
내 가슴을 동요케 한다

내겐 그 옛날 아픈 기억들로
상처 난 꽃가지에 흐르는
진액 같은 것일 수도

가슴에 흐르는 슬픔은
언제나 임의 곁에서만
흘려낼 수 있었던 아픈 기억들
봄이면 두견화 꽃잎에 묻어 피어난다

이별의 순간은 영원으로의 방랑 같은 것
슬픔조차 사치스러워 바람으로 흘린다
영혼조차 갇힌 채 눈길은 허공만 맴돌 뿐

멈추지 않는 세월만 끝 간 데 없이
무정한 세월 속에
오늘도 하늘엔
마파람으로 빈 구름만 하염없이 넘나든다

아내란

아내와 동행은
세상과 동행이며

아내와 마주하는
아침은

세상에서 또 하루
그로 하여금

존재감을
느끼게 하는 것

섬진강

삼월의 섬진강은
졸졸 흐르는 물소리와
반짝이는 은빛 비늘로
생명의 봄이 왔음을 알린다

난…
임께서
이날에 주신 생명의 양식을
무엇으로 받아야 하나?

임께선
깨끗한 마음을
내보이라 하시는 듯
하늘도 청명하다

물밑에 가라앉은 앙금처럼
내 영혼 밑바닥에
더러운 죄악들이 앙금처럼
쌓여 있거늘

어떤 기도가 흐르는 물처럼
그것들을 씻어 내릴까?
눈물에 기도도 가식인 걸
그러나
흐르는 눈물을 어쩌랴…

아내의 기도

임이시여
아내의 영원한
기도를 들어주소서

아내의 기도가
하늘에
상달 되기를 소원하나이다

아내의 기도는
제 몸 사르는 촛불인 것을
탯줄부터 시작되었나이다

기도 할 때에
가슴에 아픈 눈물이 흐르는 것을
임께선 아시거늘

부모님을 위한 기도에서
내 아이를 위한 기도로
내 손자를 위한 기도까지

언제나
자신을 위한 기도는 아니었나이다
이제 나의 기도를 기꺼이 들어 주소서

내 가슴을 아프게 하사
아내의 가슴에 영원한 평안이 깃들기를
소원하나이다

분홍색 카네이션

저기 작달막한
저 꼬부랑 할머니
걸음걸이 당당한 것 좀 보소

실로 짠 낡은 털모자 쓰고
손녀가 입었던 것인 듯
단추 없는 긴 카디건을 입고

넓은 팔자걸음에
아따
팔은 옆 사람 치겠네

낡은 카디건 자락이
걸을 때마다 이리 펄럭 저리 펄럭
앞서 땅에 닿을 듯

마치
나라님에게 훈장 받고 돌아서 나오는
거만한 걸음걸이일세

그렇소! 내 새끼 잘 키워 냈다고
세월이 준 훈장보다 더 큰 훈장이
세상에 또 있겠소?

유랑자의 꿈

아이의 커다란 눈망울에
소리 없는 눈물은
가슴을 한아름 아프게 한다

저녁 노을 고이는 산마루엔
꿩,
집 찾아가는 소리 들리는데

엄마 기다리는 아이는
소리 없는 눈물로 그리움을
가슴으로 삼킨다

난
석양에 길게 드리운 내 그림자
유랑의 뒤안길 그리워
홀로 아이처럼 애만 태운다

영남 알프스

쪽빛 가을 하늘에
물든 가슴은
홀로
마음 마저 시리게 한다

산하엔
가을 처녀의 각혈로
나뭇잎마다
핏빛으로 물들고

등산객들의
단풍든 옷갓의 행렬들은
꾸불 꾸불
하늘길로 이어진
꽃상여 같다

바람의 군무인듯
억새의 군무인듯
그것조차
레퀴엠의 율동처럼
내 영혼도 너울 너울

내려다 보이는
아내 모습은
하얀 억새밭에
한떨기 붉은 양귀비 같고
슬픈 눈망울 한
하나
꽃사슴 같다

구봉산

구름다리 걸린 구봉산

영혼의 넋이 산마루에 걸려
산산이 흩어진다

구중천을 떠돌다
영혼들이 뭇 사연을 묻어 두는 곳

달빛도 별빛도 머물다 스러진다
구름이 머물러 바람도 스러진다

내 영혼도 어쩌려 스러지나

난 세상사
구봉산에 그저 눈물로 묻으려오…

여분

어느 날
그리움으로부터 시작되는
여분의 여행길

일곱 칸의 기차 꼬리에 앉아
철커덕 철커덕 소리가
내 삶도 그렇게 지나온 것처럼 들린다

소리 내어 울고 싶어도
가슴으로만 울어야 하는 가시나무새
긴 가시를 찾아 헤매는 이유처럼

내 가슴에 그렇게 바람이 분다
긴
설움의 낯선 바람이…

스위스 융프라우 (4,158m)

오랫동안
가슴 깊이 숨겨둔 메모 하나
융프라우,

낡아
글자조차 바스러져
바람에 날린다

언저리
그림자만이라도 밟아 보았으면
하던 바람

그러나
정상에서 시린 가슴엔 하늘만
희뿌옇다

님이시여
나의 부르짖음이 거짓되지 않게
하소서

훗날 내 아이들
머리 위에 금 면류관이 씌워 지기를
소원하나이다

추억의 벤치

여름비에 봄의 흔적 지워진 자리에
산 까치 한 마리 비에 젖고
떡갈나무 잎사귀에 고인 빗물이 주르륵
참새 머리 위를 구른다

가을엔 낙엽이 바람에 구르던 자리
겨울에 흰 눈이 쌓여
추억의 글자를 아로새기며
봄엔 꽃들이 나비를 부른다

소낙비에 세월의 흔적마저 아련해지지만
그 숲속 공원 벤치
나와 그대의 추억이
진한 그리움의 안개로 내 눈을 흐린다

산 그림자

산 그림자가
내 발길을 잡으며
나를
시간 속에 가둔다

영원을 꿈꾸며
나는
한 마리 사슴 되어
영혼의 자유를 누리며

오늘은 이 산
내일은 저 산
얽매임 없이 자유를 누린다

전설의 풀잎을 뜯으며
자유의 노래를 부른들
누가 탓하랴

난 언제까지나
영혼의
보헤미안이고 싶다

마니산

오늘 난

바닷물이 채우지 못한
뭍을 오른다

날 기다리는
생각들을 만나기 위하여

허허로운 가슴은
생명의 양식을 갈구하며

영혼은
황량한 사막을 헤맨다

임의 말씀들이 내 영혼에
깃들기를 갈망하며

미천한 눈길 닿는 그곳에
임 보기를 희망하며

오늘 난
바닷물이 채우지 못한
뭍을 오른다

네 그릇

어느 날
스승께서 내게 그러신다

세상을
다 알려고 하지 말라 하신다

세상을
다 아는 척도 하지 말라 하시며

네 그릇이
종지 잔 밖에 아니거늘

미음과 시기를 담고도
빈 곳이 있겠느냐? 하신다

그래서 나는 침묵만 담는
그릇이 되겠습니다 하였다

큰 누나

나 어릴 적
큰 누나 시집갈 때
모습은 천사였다

분 냄새 하얀 얼굴
색동저고리
그 모습이 너무 고와

백합꽃과 향기는
큰 누나 냄새와 모습으로
코끝이 찡하다

백합꽃 필 때면
큰 누난 기억으로 찾아와
나를 업는다

큰 누나 등은 나의 요람
지금도 곤한 잠에
큰 누나를 부르다 지친다

끝없는 사랑

만야 滿夜를 지새며
먹물의 밀도가 짙어지는 밤이 올수록

이름 석 자 하나가
가슴에 먹물로 배어 나온다

수만 번을 불러 재가 될지라도
내 안에 맴도는 사람

하루하루를 그리움으로 채워도
못다 채울 사랑

아!
내 생애 마지막 남은 하루마저

넋으로 흩어질 영원할 사랑이여
내 사람아 내 사람아

재스민 꽃

작은 꽃
작기에 가슴을 아리게 하는 꽃

천 리를 가도
가슴으로 기억하게 한다

재스민 꽃

작은 것이 부끄러워
작은 향으로
나를 맡게 하나

영원히
가슴에 남는 향기

내 사랑

기억으로 내가 죽어
영원할 나의 사람아

내 삶의 가을

여름이 열기를 흘리고 간 자리에
가을을 품은 코스모스 한 송이
자갈 틈 사이로 가녀린 몸매를 드러낸다

여름 동안 비바람 구설 口舌을 머금은 채
한대 寒待속에서 피어난 코스모스
바람에 흔들리며 길손들에 미소를 흘린다

한가을 설핏 꿈속에서
난 철 늦은 코스모스로 세파에 흔들리며
가을 하늘을 향하여 춤추며 노래한다

어허디 어허디여, 어디로 갈꺼나
가을밤 꿈속에서 깨어난 축축한 세상
허무와 아쉬움 등짐 지고 구만리 오색길 떠날거나

둘만의 미완

당신의 두 눈을 볼 수 있기에
당신의 음성을 들을 수 있기에
내 삶이 행복합니다

내 생애 나머지 여백도
당신의 감성으로 채워지기를
소원하렵니다

아마도
그리움을 만질 수 있다면
그것은 당신이겠지요

그러나 우리의 미완은 사랑이랍니다
왜냐면
내일도 가슴으로 채워야 하니까요

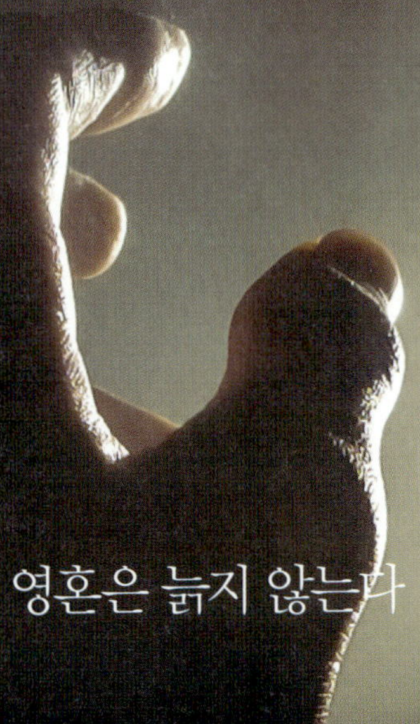

영혼은 늙지 않는다

꿈을 따라 달려온 숨가쁜 세월 속에서
이루지 못한 꿈 조각들의 잔해가 눈에 밟힌다

세월의 계곡에 날리는 꽃잎 같은 꿈 조각들로
인생무상 앞에 초라하게 늙어만 가거늘

가는 세월로 이상은 사라지고 껍질만 남는 미련에
목울대 울음 걸린 발걸음이 무겁다

그러나 몸이 늙어간대도 영혼은 늙지 않는 것
비루한 육체와의 세상 여정이 때론 행복하였다네

어머니의 고무신

수많은 시간을 밟고 온 고무신
어떤 길을 걸어왔는지 제 운명이 보인다

질곡의 길로 자식 사랑을 걸어오신
어머니의 하얀 고무신

해 뜨는 미래의 시간으로의 순례
날마다 자식 사랑의 기도로 해는 저문다

하늘을 닮은 어머님의 은혜, 지난 날
못다 한 보은이 후회로운 눈물로 남는다

인내의 백신

시계 視界는 새벽 안갯속
한낮임에도 가시거리는 몽상의 거리

창가를 비스듬히 비추는 잔광에
절름발이의 지루한 시간이 춤을 춘다

역마살은
나만의 시간 속으로 여행을 서두르고

창문 넘어
세상의 명소들이 환영처럼 펼쳐진다

언제까지 발목 잡는 코로나 역병,
나에겐 인내의 백신이 필요한 것 같다

붉은 능소화

하늘을 우러러
끝없는 기다림을 피워내는 능소화
붉은빛을 보는 이 가슴도 아리다

사랑은 봄에 피는 꽃처럼 다가오나
그리움은
여름의 붉은 능소화로 가슴을 태운다

세월조차 끝 모를 절개를 간직한 채
낙화하는 능소화
만인이 흠모하는 불멸의 詩가 된 채

바람도 울다 지친 능소화 진자리
저 멀리 붉은빛의
노을도 한 걸음 두 걸음 머물다 간다네

고독의 계절

풀벌레 울음 거세지고
늙은이의 가슴에 가을이 스며드는 밤이면
낙엽은 찬바람에 흩날리고, 고독은 깊어만 간다

황혼의 빛이 창가를 스칠 때
지난 날의 기억은 그림자처럼 다가와
잔인하도록 쓸쓸한 고독을 두고 간다

차가운 바람은 다음을 예고하듯 창문을 두드리고
벌거벗은 나무처럼 들판에 버려진 나는
홀로 고독의 깊이를 헤아린다

하지만, 그 쓸쓸함 속에서도
가을의 끝자락에서 새로운 시작을 꿈꾸며
어떤 희망의 불씨는 꺼치지 않으리라…

내 작은 여명

어스름 새벽에
그릇 부딪치는 딸그락 소리가
시간을 깨우는 것 같기에
아내는 시간을 지배하는 것 같다

조용한 나비 날갯짓의 바람 같은 움직임
모시치마 사각대는 소리는
내 마음마저 흔들어 깨운다

아내의 미소와 햇살은 닮았다
때론 바깥세상의
우울함이 가슴을 어둡게 하지만
아내의 미소는 행복의 그림자로 가슴을 채운다

오늘도
이발사에게 내 머리를 맡기듯
당신의 따스함에 내 마음 의탁합니다

"밤의 기도"를 마치며

어떤 작가든 자기가 아끼는 책이 있기 마련이다.
내게는 이 시선집 "밤의 기도"가 그 책이다.
지금까지 써온 글 중에 아끼는 詩들로
어두운 길을 지날 때마다 빛이 되어주는 詩들이다.
죽어서도 소중하게 가져갈 시집이며
봄 여름 가을 그리고 겨울이면 시집에서 피어난
꽃들로, 위로 받을 수 있을 것 같아서다.
그렇게 두고 온 아쉬움들로 이 詩들을 읽을 때면
세상은 속절없는 무색 無色의 바람이 불 것만 같다.

Epilogue

모든 페이지에 담긴 감정과 순간들이
독자님의 마음속에서
새로운 울림을 만들어냈기를 바랍니다.

이 시집은 하나의 끝이 아니라,
당신의 삶 속에서 새로운 시작이 되었으면 하는
작은 바램을 담았습니다.

삶의 여정 속에서 느껴지는 모든 순간을
소중히 간직하시길 바라며,
당신만의 이야기
또한 계속해서 써내려가기를 응원합니다.

고맙습니다.